总有一句对我有用

张月芳 著

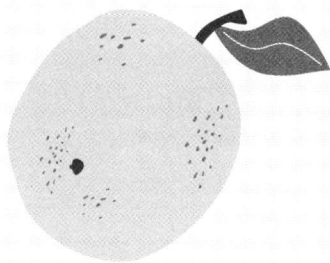

清华大学出版社

北京

图书在版编目（CIP）数据

总有一句对我有用 / 张月芳著 . -- 北京 : 清华大
学出版社 , 2025. 7. -- ISBN 978-7-302-69610-0

Ⅰ . I267

中国国家版本馆 CIP 数据核字第 2025AZ0251 号

责任编辑：张立红
封面设计：钟　达
版式设计：方加青
责任校对：卢　嫣
责任印制：丛怀宇

出版发行：清华大学出版社
　　　　网　　　址：https://www.tup.com.cn，https://www.wqxuetang.com
　　　　地　　　址：北京清华大学学研大厦 A 座　　　　邮　　编：100084
　　　　社 总 机：010-83470000　　　　　　　　　　邮　　购：010-62786544
　　　　投稿与读者服务：010-62776969，c-service@tup.tsinghua.edu.cn
　　　　质 量 反 馈：010-62772015，zhiliang@tup.tsinghua.edu.cn
印 装 者：三河市君旺印务有限公司
经　　销：全国新华书店
开　　本：148mm×210mm　　　印　　张：7.5　　　字　　数：146 千字
版　　次：2025 年 8 月第 1 版　　　印　　次：2025 年 8 月第 1 次印刷
定　　价：59.80 元

产品编号：111541-01

前言

短视频时代，我相信很多人都刷到过这个视频：一个外卖小哥骑摩托车送外卖，将他小小的女儿安置在车后座大大的周转箱内，中途，外卖小哥停到路边，骑跨在摩托车上，侧着身子，用一个大大的水壶给孩子喂水，孩子探头喝着，小脸胖乎乎的，头上小辫儿梳得整整齐齐，身上穿着漂亮的连衣裙……旁边车辆来来往往，不影响爸爸挽着裤管、双脚有力地踩在大地上，侧着身子，以一种别扭却专注的姿势给自己女儿喂水。

喂完水，简单交流几句，爸爸开上车继续为生活奔波了。小女儿胖胖的小手扶着周转箱，在爸爸的车后座上，世事纷繁与她无关，她是爸爸宝座上的小公主……

这样的场景，很容易戳中人的泪点。

我也很容易被这样普通劳动者的温情视频打湿眼眶，我相信大家都一样，因为普通人的视频总让我们想起我们小时候、我们的亲人、我们的喜怒哀乐……

很多人小时候都曾被家人这样百般呵护，我也是。那时候，我经常坐在爷爷的自行车前杠的儿童座椅上，跟他一起去 20 公里之外走亲戚。天寒地冻（冬闲才有空走亲戚），爷爷蹬车子蹬得满头大汗，而我坐在车上手脚冰凉，爷爷时不时停下来，心疼地给我焐焐手焐焐脚，只要看到一户人家就过去讨杯热水给我喝……我在路上落脚过各种人家，在旁人眼里，我也许只是一个粗糙的乡下小丫头，而在爷爷眼里，我就是一枚珍贵的、有无限可能的如意宝，不待别人问，我爷爷就乐呵呵地告诉人家："这是我孙女，很乖很懂事。"许多年过去了，这样赶路的场景成为我一辈子的精神庇护。

童年时，我和爷爷奶奶一起住在简陋的小屋里，夏天闷热，雨天要忙着接雨，但我从来没觉得自己苦，我享受着他们摘到的最大的桃子、挑到的最甜的甜秆、采到的最老的菱角……在孩子心目中，家没有什么穷富之分，家只有温暖或不温暖、有爱或没有爱。在那个小小的屋子里，充盈着最饱满的爱，足以抵挡一切严寒酷暑。打下这一段文字的时候我已泪流满面，因为我的爷爷奶奶没有等到我工作就去了，他们看不到我现在开汽车、住高楼的日子，多么遗憾！

这样的童年经历，给我的生命底色涂抹上温暖的基调，使我长大后，从不绝望、从不放弃、从不自卑、从不践踏弱小，也非常愿意去体悟每一桩事情和每一个人的美好。

我情绪低落的时候喜欢听或者读真实的小故事，并常常被治愈。

治愈我的，可能是一个微小的感恩、一段坎坷的经历、或者是顽强走过来的云淡风轻……我偏好阅读文字。因为，文字是心思静静流淌，是独自存在的吟唱，是两个灵魂共同起舞，是拨动心弦同频震颤。

我也喜欢用文字去表达，我愿意我的表达如点点灯火，也许不能照亮夜行人，但最起码让对方知道他并不孤单。

在这个不确定性的时代，AI 跟我们抢饭吃，我们被大数据捆绑、算计，我们手持电子产品，像捧一块闪着萤火的玻璃，总是越握越冷、越聊越孤单……

5G 时代，温情是稀缺品，它不能流水线生产，只能限量供应，所以在短视频风行的当下，李娟的《我的阿勒泰》被人追捧，大家太需要宁静、太需要祥和、太需要温情了，而李娟恰恰捧出了这样珍贵的东西。

我是没法和李娟比的。但我结集出版这本集子，想表达的是一种"慢""松"和"悟"。慢下来、松下来、悟起来，带着你的身和心、带上你的灵和性，去观察身边不起眼的人、不经意的景，你会发现日子虽普通却不凡！

我们绝大多数人都没有大起大落、没有叱咤风云、没有金钱满袋，但每天发生的日常，一样能滋养你和我。细细去聆听，每一句寻常的话都能为我们所用；细细去观察，每一朵绽放的美丽都能洗礼我们的心灵；用心微笑，每一个相遇者都能成为我们的贵人……

当身心敏锐、善于体悟，当下就能获得幸福，当我们用心记下或者说出自己的遭遇，每一个生活者都能成为作家，都能产出好的、让人流泪的作品……

希望我的这本集子，能帮助到抓耳挠腮不知如何写作文的孩子；能帮助到前途渺茫的年轻人；能帮助到身心俱疲、焦虑又忙碌的中年人；能帮到孤独寂寞的老者……如果真能这样，那是我的荣幸。

感恩在这本书里与您相见，希望其中总有一句话能对您有用。

沈月芳

2025 年 5 月

第一章　成长的痛

第二章　看到的美

第三章　经历的暖

第四章　悟到的理

第一章

成长的痛

凡是成长，必有疼痛。

能让人变好的，都是要付出疼痛代价的，

比如锻炼后的肌肉酸胀、减重时的饥肠辘辘，

每一寸成长必带着机体疼痛或心灵疼痛。

当你痛的时候，你一定要提醒自己：

我在进步！

疼痛过后，你就会迎来一个更好的自己！

我原生态的童年

中午吃饭，女儿听的故事里有"胡蜂"这个词。先生陈老师问我："你小时候被胡蜂蜇过吗？"我说："没有，我的弟弟被蜇过。"

那时候我们几个孩子一起去捅胡蜂窝，一窝胡蜂怒气冲冲地追出来，几个大孩子跑得快，弟弟落后，结果被胡蜂蜇得"哇啦哇啦"地哭，脸肿成了馒头。这件事让我被父亲好一顿臭骂。

除了胡蜂，我还记得我们小时候，老在一起钻爷爷奶奶家的门。爷爷奶奶家的门是用搭扣上锁，搭扣很长，我们把中间的空档撑开，先把头挤进去，然后身子跟着一顺，就进去了。进去后，把其中一扇门往上一抬，门就能从门枢里卸出来。大门洞开，其他大孩子鱼贯而进，大闹天宫。

我爷爷是个剃头匠，我们常常在那儿操刀弄剪，把小伙伴的头发剪个豁巴是常事。有一次我独自一人，无操练对象，就剪爷爷刷碎头发的刷子，"咔嚓嚓"四五下，感觉好过瘾，再一看，刷头软毛已被我剪掉了大半截。

从此，爷爷只能拿短桩桩的刷子替客人刷头发，刷一次就唠叨一次："你看，被我家月方剪成这样……"爷爷言语里没有半点责怪，仿佛还觉得我调皮得好，所以我在旁边玩得很安然。

擅自走亲戚的事情也发生过。我们几个小孩一起拔茅针，不知不觉走远了，抬头一看，居然到了某个小朋友的姑姑家门口。他的姑姑就是我们的姑姑，于是，我们一起去做客。姑姑又惊又喜，用蛋茶招待了我们这帮小客人。吃完，我们一抹嘴，手搀手往回走。走到半路，遇到回娘家的另一位姑姑，看到我们就大嚷起来："几个捣蛋鬼唉！你们娘老子在家找死了哦！赶紧回家！"她赶紧骑车回头告知我们在家急得团团转的父母。而我们几个愉快的心情立即阴云密布了，因为害怕家人骂。到家门口，徐二小不敢跟父母照面，立马藏了起来。我和弟弟好像没受多大训斥，不然会记忆犹新的。

女儿最近养蚕。我蛮喜欢盯着这些蚕看。因为童年，就是伴着一茬一茬的蚕度过的。尤记得油亮碧绿的桑叶，也记得一颗比一颗紫的桑葚。我们在田地里一路吃过来，看谁吃得快、吃得多，一直吃到嘴唇乌紫。有时，还能在低矮的桑树上发现鸟巢。

提起鸟，就不能不说起我一次养鸟的经历。一阵狂风骤雨后，我的二叔和三叔拾到两只尚不会飞的喜鹊，于是用绳子扣了脚送给我养。喜鹊喜欢吃虫子，我一个小孩子逮不到多少，就由去田地干活的二叔和三叔提供。他们每次回来都带回许多青青的虫子，两只喜鹊吃得很欢。可是有一天，它们饱食后突然死了。等它们死了，二叔和三叔才猛然想起，他们捉的虫来自刚刚喷过药水的棉田。就这样，两只"宠物"去了，我好像没有多少悲伤，但幼小的心里生起许多遗憾。

提起鸟，还会想起抱窝的老鸡。老鸡要做妈妈，但是不下蛋，还炸毛。爷爷用绳子捆住它的腿，限制行动，想把它"拴醒"。可是几天过去了，老鸡不吃不喝，怎么拴也拴不醒，铁定要做妈妈。于是爷爷就放一些蛋给它抱窝。抱窝的鸡妈妈尽心尽责，终于有一天小鸡一一破壳而出了。鸡妈妈带着一群小鸡在家前屋后踱步，这成了我童年的常景。如果下雨，就见鸡妈妈矮下身子张开翅膀，让小鸡悉数钻进去。可惜，小鸡一长大，鸡妈妈突然"醒"了，一夜之间失去了母性，也不再去张罗这些孩子。风雨来了，鸡妈妈自顾躲去，小鸡仓促间只好自己寻觅去处。

提起鸡，就会想起爷爷养的猫。我太爱猫了，以至于把猫妈妈的窝搬了放到我的床里，这样，几只绒球球小猫就跟我厮混在一起。那些小猫最后被大人搬走了吗？我记不得。唯一记得的是母猫到冬天喜欢钻我被窝。睡得正香，它细细长长的胡须探进来，我的手一抬，它就钻进被窝了。有一次，睡梦中，摸到一只粗粗的猫腿，可是，怎么会只剩一截？一惊，醒了，喊奶奶掌灯看，原来是只死老鼠——猫把老鼠叼进我的被窝了——唉呀呀，这就是我的童年！

邻居老洁是老大

老洁是我们儿时的"老大",除了吃饭睡觉,我一般都敛声息气地跟在她的屁股后面,有时候吃饭也在老洁家就地解决了,害得她妈三番五次地动员我做他们家的"小三",但我没同意,因为我舍不得家中的那只小花猫(它是说啥也不肯串门的)。

老洁对我格外亲,因为她和弟弟是死对头,关键时刻我肯定是她坚定的同盟。

一次老洁又带领我和小琴玩捉迷藏。老洁的弟弟看我们玩得欢就很不屑:"你们这帮丫头片子,怎么躲也不会逃过我的火眼金睛!"这句话激怒了老洁,她决定帮着我们藏,要让她弟弟输得心服口服。

老洁在很短的时间内,就把小琴藏在了一堆棉胎里,却想不起该把我藏在哪个同样隐蔽的地方。我看中了她家的白纱帐子,而老洁却觉得那儿还不够安全,她弟弟已经在外面叫嚣着要进来"搜"了!慌乱中我只好钻到了帐子的后面。

老洁的弟弟进来了,日本鬼子一样,推桌子,踢箩筐,掀衣服,气势凶狠却一无所获。我站在帐后的床沿上,看着他在我面前走来走去,大气都不敢出。后来他猛地一指床:"我看到了!快出来!"我以为被发现了,只好乖乖地走了出来,哪知他看到我后,先是很

吃惊，然后哈哈大笑——原来他压根就没看到我，只是瞎咋呼而已。

老洁暴跳如雷，他弟弟也不甘示弱。于是，姐弟俩先打口水仗，再来实战，直到双方都使上了棍子。

我站在一边，不知所措。最可怜的还不是我，是小琴，36度气温下，她躺在棉花胎里苦等，根本不知道外面发生的事情。等他们战争结束，再想到小琴的时候，小琴的头发都被汗水打湿了。

老洁看着很心疼，拉着我们的手生气地一转身："我们走！以后再也不理这个无赖了。"于是，我的心里真的跟老洁的弟弟结下了"梁子"。可是十分钟后，我吃惊地发现老洁和她的弟弟又在一起笑得很开心，显然已经忘记了刚才的誓言。

这样的快乐，总是以老洁的假期结束而告终，老洁一上学，我们就又成了散兵游勇。

老洁读六年级的时候，骑车跌断了腿，必须卧床休息，所以我们这帮野孩子又围到了她的身边。

老洁躺在床上，一点也不悲哀，她组织我们比赛唱歌，然后因为某个人的结巴，呵呵地和我们一起傻笑。

后来，老洁的一条腿就跛了。现在想想，当时的老洁一定忍耐了一段较长时间的剧痛，可是那时的我不懂，以为老洁天生就是个不会悲哀的人。

尽管走路的样子变了，但老洁还是那个敢爱敢恨的性格，她说，他们班有人骂她瘸子，她一巴掌打过去，从此，那个男生看到她就跑。

她站着告诉我这些，手臂挥舞得英气蓬勃。

仿佛一眨眼的工夫，我们就都长大了。最近见到老洁的时候，她刚刚做了母亲。老洁躺在床上喂奶，周遭弥漫着浓烈的奶香，我有点不适应，然后又有点感动。

我第一次规规矩矩地冲着老洁喊了声"姐"。

桑地里，童年戛然而止

五月，桑树枝长叶肥的时候，是蚕吃得最凶的时候。一层桑叶洒上去——沙沙沙，片刻就只剩下叶经叶络了。然后蚕仰着头，四处摇啊摇，找啊找，看得人好心焦。

这时，家的主题是：桑叶。放学回来，厨房里冷锅冷灶的，父母要么在蚕房，要么在桑地。我们有时候也被"抓壮丁"去帮着打桑叶。大人采桑叶求速度——哗啦啦，一根枝条捋下来。我，一片一片地往下扳，听那扳断时的脆响，或者研究那滴落的浓厚的浆汁……所以我到桑地，不是做（干活），而是作（玩）。看我这"做相"，大人常常叹息一声，就放我回家，于是我像得了大赦，一路往家跑。

那年，蚕养多了，桑叶终于不够。父母便去左邻右舍家讨，还赶很远的路，寻找路边未被采摘的野桑叶。有一次，父亲驮着大大两框子桑叶回来，脸上却挂着伤痕，脚上腿上也到处是淤泥。问他咋啦，他怒吼："少啰唆，快喂蚕食！"

但是，原先吃得很凶的蚕，忽然不吃了，呆愣愣的，似乎要吐丝又吐不出来。父亲连晚请来农技员，农技员查看了一下，说中毒了。父亲哆嗦着嘴说："怎么会？怎么会？"母亲煞白着脸，腿打战。农技员问："有人打药水时不注意从门前经过了？或者哪个带什么化学品回来？"我也帮着猜测帮着探究。最终，农技员从方桌边拿起一只空瓶子说这是毒源，我立马傻了眼，那是我捡回家的瓶子，我觉得它的棕色很洋气就带了回来……

父亲一声吼，炸雷一般，操起扁担。我一害怕，夺路而逃。

这是多么严重的错误！那肥肥壮壮的蚕，眼看着就要上山的蚕！

黑暗中，我记起村里发生过的事：某人打农药时不注意，害了邻家整张蚕，邻家女人性烈，拿起自家的农药到对方家去讨说法，说法讨不到，就把农药倒进了自己嘴里……

我没有地方躲，只有躲进桑地。桑地是我一向的游乐场，那里有桑果，有鸟雀，而今晚却到处充满鬼魅……听到父母的呼唤，可我不敢回家。我害怕被讨说法。

奶奶来唤我，我才趔趄摸着走出来，奶奶一把将我搂进怀里，说："乖乖，你说是你重要，还是几百块钱重要？你咋不把你爸妈愁死！"

我抹着泪怏怏地回家。父亲一言不发，母亲为我端上晚饭，面对饭碗，我的童年轰然一响，而后戛然而止……

逐渐消失的过去

饭桌上，谈起小时候的生活。陈老师说，那时他外婆家每天都要磨玉米，他一个小个子也帮着推磨，够不着，纯粹跟在后面瞎添乱。

可能我爷爷奶奶家犯不着为了三口人（爷爷奶奶和寄养的我）的口粮备一盘石磨，所以我对石磨没印象，但我见过对臼。对臼就是安在地上的石臼和长木杵，用来舂米。对臼安在集体公房里，需要舂糯米的时候，我就跟着奶奶去。把糯米倒在臼眼里，到对面木杆上踩，利用杠杆原理，踩动木杆一头，让带杵的另一头自由落下，砸碎米粒。陈老师回忆说："那东西很重，怎么踩也踩不动……"我作为女孩子没上去试过，只记得对臼杆好长好长，现在想来那既是技术活（踩不好就砸对臼外面去了），也是体力活……

我还很怀念幼时的水瓢。水瓢是用瓢瓜做的，瓢瓜是藤蔓植物，爬满屋顶，结上大大的梨形瓢瓜。瓢瓜成熟后，用竹钩钩下来，对准中心剖开，挖去内囊，焓上草木灰，一周后洗洗干净就是两个瓢，可以用来舀水、舀米，盛瓜子花生等吃食。我童年的零食都是盛在瓢内，放在床头，醒来，一伸手，就能够着。我也常常捧起漂在水缸里的水瓢"咕咚咕咚"喝个沁心沁肺。

小时候，一个村落只有一套蒸笼，蒸笼由竹篾、木条制成，一摞老高，大些的蒸饼、小些的蒸糕。大家轮流蒸饼蒸糕，小孩子不能乱插手，也不许乱插嘴，常常等着等着就睡着了，也总被唤醒吃年尾的第一口糕饼。糕饼蒸得好，大人兴高采烈，而小孩子好瞌睡啊，哪里品尝得出稻谷香来。其实，现在想想，那时的糕饼是真正"绿色""有机"的糕饼。

　　那时的庄稼是怎么长出来的呢？家家屋前都有个灰塘，平时生活垃圾都倒在里面，到了秋末就挖出灰塘中的灰沤肥，把灰高高堆起，堆得方方正正，然后用河泥封上。经过一秋一冬的发酵，来年就是上好的肥料。还有一种绿肥，长相接近三叶草，碧油油的，翻盖下去就是上好肥料。没有农药，虫子都靠人工逮，每人一个小瓶子，然后集中到大场数条数、算工分……这样的种植方式如果照搬到现在，估计会引起轰动的，因为这是真正的纯手工、纯天然。

　　想想我们小时候都是跟在大人后面，从田里、地里、沟里、渠里混过来的，更接近自然，更亲近同伴，更像野马，更能释放孩童的天性……而现在的孩子见得广、懂得多、电子产品丰富、物质条件优渥。很难鉴定谁的童年更幸福。生活一路向前，不会因为某些人的留念而停留片刻。但是，我和陈老师都觉得有幸见识和亲近过那些正逐渐消失的东西，比如石磨、对臼、沤肥、木蒸笼、植物水瓢……它们都是取之于自然、用之于自然，是人和自然最亲近的对话。

我的代课教师们

记得我刚上一年级，对学校还不明就里，却被童年玩伴告知：她的东哥哥要"上厂"了，那时候上工厂肯定是件荣耀的事，要不然一个毫无关联的小屁孩不会如此兴奋。

东哥哥告别的那一天，四年级的"大哥哥大姐姐"们哭得惊天动地。我们这些小毛头挤在窗口看热闹，个个呆若木鸡，远远看着。只见东哥哥推着车慢吞吞地走了，两眼通红，旁边是他喜逐颜开的父亲……这是最初的代课教师离开学校的温馨场景，就这样深深地、深深地印进了我的脑海。

读四年级时，我的语文老师姓卢，也是一名代课教师。卢老师温和理性，经常把学校仅有的《少年文艺》借给我看。等我升入五年级，卢老师就离开了。我再也没能在小学里见到她，她去了哪里我也不清楚。

一眨眼，我上了初中，却在中学遇到了卢老师。卢老师背着背包来卖卡片，她站在乒乓球台边，把卡片一张张摊到台面上，再用碎砖压好……那是快过年的季节，外面的气温有点寒，阳光下，卢老师一边守着寸余宽的卡片，一边看书。有风来，她就拂拂吹到嘴角的头发——那个动作多像正上课的卢老师啊！我躲在远处看，不敢上前……

有男生跑去喊"卢老师"，卢老师就送给他一张小卡片，男生蹦跳着兴奋着，许多男生纷纷效仿。我狠狠地盯着他们，我觉得他们这么不懂事！其实现在想想，我也不懂事，我该上去问候一声的，可我一直躲着。

读六年级，教数学的是一位本家叔，当然也是代课教师。他上课一丝不苟，黑板上的字总是工工整整。那时考试试卷都是用刻字笔刻在油印纸上再油印，刻字是个极其需要耐心的过程，我总是见到本家叔坐在办公室刻卷子。学校课间操，也是本家叔看管；劳动课挑粪锄草这些杂活，也是本家叔带头干……本家叔生龙活虎，有使不完的劲。一次课间操，校长在前面指指本家叔，对其他老师说："张老师做了许多事，年终多发点钱给他，你们没意见吧？"

即使这样，勤劳肯干的本家叔，拿的工资还是比公办教师矮一截，所以，本家叔在课堂上对不爱学习的学生痛心疾首地说："我只恨我大了，如果时光倒流 15 年，我觉都不想睡，保证拿到小中专通知书……"那时，考上中专是我们这些农村娃挣脱农门的唯一路径。放学路上，本家叔一边骑车一边跟我们讲考上中专、拥有城镇户口的种种好处，说得我们耳红心热。如果身边只我一人，本家叔就替我分析我的优势和劣势，教导我如何抓重点……

后来，我真的考上了中专。家里宴请老师的那一天，我特地叮嘱父亲一定要请本家叔来。本家叔来了，跟我的初中老师勾肩搭背，一脸喜笑颜开。后来本家叔也离开我就读的小学，据说现在在外地到处代课。

我六年级的语文老师也是代课教师。

语文老师的字相当漂亮，人也清秀。他特别喜欢我的作文，经常当范文在班级读，有一次读着读着还插一句："我仿佛看到一位作家坐在我面前……"一句寻常语，对我却是莫大的鼓励。

于是我格外喜欢语文，也喜欢语文老师。他的一举一动一笑一蹙眉，都尽收讲台下面那个小小女生的心底。老师谈女朋友后，我很伤心，不过对他宿舍里那双红皮鞋的好奇，以及对那双红鞋主人的崇敬和热爱丝毫不减。我们去偷看时，老师冲我们暖暖地笑，一脸宽容。

我们认为语文老师过得不够好，他会因为琐碎的事而气愤，比如我们班考试成绩明显超过其他班，校长却没有公开表扬；我们班劳动进度超过隔壁班，校长反说是应该的……他很努力工作，却因为是代课的，遭遇一些偏见……

有一次我看见老师衣襟大敞，骑着车赶过来，脸上挂着汗珠，他告诉我们："中午休息时间回家帮家里收豆子了。把你们这一届带完，我恐怕要回家，因为我父母老了，他们种不动地了……"

我害怕老师回家，我觉得他那么有才，他应该去影响更多的学生。

　　可惜，后来语文老师真的回家了。

　　我的很多乡村老师都回家了……我无法联系到他们，但我深深地惦记他们……

梦到爷爷奶奶

我又梦到我爷爷奶奶了，没有具体的形象，反正知道是爷爷奶奶。在我熟悉的厨房里和一帮人聚在一起说笑，很热闹。

这是我小时候非常熟悉的场景，它预示着温暖和安全。

我平均一年梦到一次爷爷奶奶。他们居住的条件在我的梦境中一次次升级，从一开始的老破小，到后来的高门大院，再到现在的别墅。总之，一次比一次光景好。

可能我心里特别想把现代越来越优渥的物质生活带给爷爷奶奶吧。可惜，他们再也享受不到了。

我是被爷爷奶奶带大的。被他们带大的童年，是我真正意义的幸福时光。

随着年岁增长，成家立业，身上担负了不得不承担的责任，我再也不能没心没肺，再也不能无虑无忧……

爷爷奶奶是典型的农民，爷爷识字，奶奶不识字。他们和万千农民一样，有乡下人的缺点和善良。

爷爷有扎纸手艺，会用纸张糊扎房子、彩电、冰箱，有白事的人家都会请他去劳作。爷爷无论去哪儿都会带上我，为的是能带我吃上"好吃"的——我们那边俗称"吃捣腰"，孩子没有席位，只能站在大人旁边，想吃就捣一下大人的腰，获得一口吃的。

不过我爷爷不会让我站，更不需要我去捣他的腰。开席之前，他一定想办法为我找一张杌子和一张小凳子，再不厌其烦地去厨房要一个碗和一把勺子，再把我安排在他身后角落。于是，大人们在方桌那边开大席，我就在一边的杌子上开小席。

菜来了，爷爷第一个夹给我吃，一边夹肉圆放我碗里，一边还对着别人夸："我这孙女可乖可乖，不吵不闹，不争不抢，吃饱了她就去玩。"别人挨不过情面，也和他一起夸两句。

还记得有一次，家里留宿了另一位爷爷。那个老头和爷爷睡外间，我和奶奶睡里间。半夜我跟奶奶要吃的，奶奶拉灯给我拿晚上准备好的吃食。

和爷爷一起睡的那个老头被吵醒，问爷爷："这个孩子怎么这么馋的？"

爷爷解释说："她不馋，她就是饿了。"

那个外来的爷爷还是坚定地认为我馋。爷爷坚定地解释："我孙女不馋，她只是习惯夜里要吃东西……"还解释了好多遍。

这件事令我印象很深刻（那时芦苇墙不隔音，彼此说话都听到）。

我中专要毕业那年，传出话来说：这一年不包分配工作。

爷爷着急死了，那时他已患了食道癌，依然拖着病体，四处求人，把他认识的"有本事"的人都找了个遍。人家一句话就把他挡回来了："只是你孙女，这根本不该你操的心，你这是何苦？"

后来，爷爷没力气出门，躺在病榻上，依然为我的事愁苦。

旁人都说我跟他们没关系，但其实在爷爷奶奶心目中，我就跟他们的孩子一样。他们一辈子没有生育——爸爸是他们后来领养的。在妈妈生了弟弟以后。爷爷奶奶主动把我要过去给他们带，一是减轻妈妈的负担，二是他们很喜欢孩子。

于是，我和他们一起生活，直到我上初中住校。

可惜，爷爷没有看到我有工作就走了。而奶奶在我上卫校的时候就去世了……

如果他们能看到我现在的样子该多好！因此，我特别特别羡慕成家立业了，爷爷奶奶还活得好好的人。

在我还没上学的时候，爷爷就自己制作字卡教我认字；在我刚上小学一年级的时候，爷爷就叫我写过年的"福"字贴水缸上；在我上小学三年级的时候，就被爷爷要求代他给亲戚写信；在我考上中专的时候，爷爷逢人就告诉人家，这是他孙女，成绩特别好……可以说，我的成长有爷爷奶奶悉心呵护的功劳，而我对他们的孝敬仅仅是帮奶奶倒了几次便盆和帮爷爷输了几天液……

现在，我成家立业了，还能帮助别人了，如果爷爷奶奶在，他们该有多高兴啊！

迟到

　　我记得我自上学起就害怕迟到。学校离家较远，我从来都是早早起。大冬天的，月亮还挂在天上，我就和弟弟出发了，一般走到学校，教室的门还都没开。有一次，我们姐弟俩被中学校长发现了。一个清晨，他邀我们在中学校舍门前走一走，让那些赖床的哥哥姐姐们看看：这两个小学生是如何披星戴月上学的。那时候真自豪啊！

　　小时候唯一的一次迟到是在四年级我会骑车后。上学途中，自行车突然掉了链子，前不着村，后不着店，只好自己一个人在链子上摸索，结果弄得车链嵌进齿轮，怎么也转不了。我心里那个急，眼看着时间分分秒秒地过去，最后索性推着自行车往学校狂奔。到了学校，果然迟了。教室传来琅琅读书声，我扔了自行车奔到自己教室门口，见到老师就哭了，所有的委屈和着急一股脑涌了出来。老师没有责怪我，只是，从那以后我都会特意留出很多时间用于路途。

　　那次职称赶考就幸好预留了路上时间。考前一天，我特地去"踩了点"，发现从我家去考场骑电动车要四十分钟。考试那天，我和同学相约提前两个小时出发，结果，我们走错了，绕了好多路，心急火燎地赶到考场，发现离考试还有二十分钟！有惊无险，我觉得自己非常幸运，也非常英明，这时，就万分感谢小时候的那次迟到。

陈老师也被迟到吓到过。有一次，不知是忘了设闹铃，还是他睡得太沉，当他突然惊醒，狂奔到单位的时候，发现领导已经在帮他管理学生纪律了。

至此他心里留了阴影。某天睡午觉，他突然从梦中惊醒，说迟到了，脸也不洗，风一般地奔向单位去了。那天我是夜班，迷迷糊糊知道他迟到后继续睡了……

晚上陈老师回来后一个劲冲我傻乐，因为公婆在，他把我悄悄拉到房间，小声告诉我："你知道我今天中午什么情况？"我说："你迟到被骂了？"他笑了半天，然后告诉我："迷糊中我把闹钟看错了一个小时，我拼命跑到学校，教室空无一人。我吓傻了，以为学生全跑出去野了，六神无主间，发现其他教室也没人。这才想起看时间，一看，我自己提前了一小时，学生还都未到校……"然后我们俩一起在房间哧哧偷笑半天。

至此，每天无论晚上还是中午，临睡前，陈老师必做的事情是检查手机闹铃，并重新设定闹铃时间。

犹记得高考时的一场热议：上海英语高考，一名考生因为"半道自行车坏了"迟到了两分钟，工作人员按照规则拒绝其入场。考点门前，母亲下跪苦苦哀求，考生情急之下甚至还踢打铁门，并想翻墙入场，都被拦截下来，最终未能进入考场……英语高考一开始是听力部分，所以对入场时间有严格要求。

"迟到两分钟,应该不应该体谅放行?"这个话题当时引起争议:有人认为应该体谅考生,开放备用考场;有人认为应该严格执行规定。

　　"人情"和"规则"应该如何平衡?这是社会话题。作为个人,上学也好、办事也罢,都要特意多留路上的时间,确保自己不迟到。

　　迟到误事!

人生路上愧对的人

晚餐，陈老师和我闲聊，忽然说到孩童时的一个玩伴。

"那伙伴随父亲出来讨饭，一路乞讨，因为天冷，暂住在了我邻居家，跟我很玩得来。后来，他们要走了，那伙伴特地来我学校跟我道别……"

尔后，陈老师叹息一声："我真差劲啊！我居然没有睬他！因为我觉得丢脸……"

想象一个外乡的小男孩，爸爸喊他走，他特地央求爸爸绕道去好朋友的学校，然后站在校门口，请门口边的同学喊那个叫陈×的家伙。而叫陈×的家伙在操场玩着，听到同学的口信，朝门口

张望了一下，望见一个乞丐的身影，忽然调转头钻进教室。因为那一刻他觉得很丢脸，认为乞丐不配"做他的朋友"。门口的"小乞丐"站了一会儿，闷闷地随父亲踏上征途了。

我都帮陈老师憾恨。不知那位曾经乞讨的小朋友现在过得怎样？愿他过得好，愿他做上了大生意，开上了好汽车，愿他在路上遇到我和陈老师时，投来轻轻的不经意的一瞥，他有很多的事要做、很多的钱要赚，曾经乞讨的经历已经成为他荣誉的勋章，可以在酒桌上拿出来谈一谈、笑一笑……

其实人生路上我又何尝没有愧对的人？我还记得我的一个堂舅，他是我父亲的好朋友。我去外地上学时，他跟我父亲一起来送我，然后落脚在他大女儿家，并告诉我以后有困难就来找大表姐。

十七八岁的女孩孤身在外，自然想家。于是我时常往大表姐家跑，蹭顿饭，听听家乡话。这样的拜访令大表姐的妹妹很不满。她背后表示了对我的厌烦。而厌烦的话语又通过一个亲戚传到了我的耳朵里。

从此，我再不去表姐家。独在异乡多孤寂，心生怨恨，连带着也讨厌堂舅。

我后来在医院工作，堂舅生病，想找我带他看一看。爸爸先打电话过来，当年的怨恨爆发了，我一下子把爸爸回绝了。第二天，表哥打电话过来，我又没接，着了魔一般，闷在家里偏不去医院。

后来，我在医院多次遇到生病的或检查或治疗的堂舅，都因为手头有事，不曾停下细细攀谈，关心一番。

一眨眼，堂舅去世。

在医院工作很多年来，我带过无数熟悉的、拐着弯熟悉的人看过病，而偏偏没理睬这个当年和爸爸一起送我上学的堂舅……想起这些，心里真是不能安。在堂舅生病后，我曾经请爸爸带过礼物转赠给堂舅。但是，无论怎样，都弥补不了他想找我帮忙时我的冷漠。

人生路上，常常有因一时过错而后终生愧疚的事，并且怎么补也补不回来了。唯有在以后的生活中，平和认真地对待每个人、每件事，让自己少犯些错误，让自己的人生少些后悔。

给新手一个机会

我固定去一家理发店，一来二去，和师傅都很熟。他是烫染师，在发型师的指挥下帮顾客卷发、上烫染水、照顾客人电烘。他身材瘦削，显得瑟瑟的，脸上有老实无欺的表情。对客人很好，帮我卷发的间隙再去帮另两位姑娘吹头发，似乎很熟，还和她们一块儿开些玩笑。

我和他随便聊了几句，他的一句话令我印象深刻，他说："我将来也要升级，也是要做发型师的！"

后来再去修剪，帮我造型的发型师已经辞职另立门户了。我只好胡乱点人。这个时候，他还做烫染，戴着口罩、穿着工装，忙忙碌碌的。

时隔两年，我不再烫发，只固定修剪，这家店生意也似乎不如前，他也清闲些，看起来，他离自己的目标还有点远。有一次去吹头，女发型师手头忙，就招呼他过来帮忙吹。他老练地摆弄吹风机，脸上有严肃和逆来顺受，又隐隐的，有不甘。我心下叹：看起来，他的事业还没有起色。

又三年过去了，我的长发已变短，短发业已烫过，烫过的又剪掉变成直发，现在返璞归真剪成了碎发。他呢？升级成功了吗？有一次剪发，恰好看到他坐在我背后的休息室里，我前面的镜子如电影一样映照出他的一举一动。他的装扮变了，小西服、白衬衫，嘴上留了扮酷的胡子，看起来是发型师的打扮。只是，他没有生意。所以百无聊赖地玩手机。每有人来，他就抬头看看，来人不是找他，于是复又落寞地埋首手机中去。不时地，有闲下来的发型师去和他开玩笑，打打闹闹的，然后别人忙了，他又归于寂寞。我坐着，替他焦灼起来。五年了，如果吃干饭，一勺一勺，也该很厌倦了；如果以手心捂一块石头，一点一点的，也该揉圆润了。而他似乎没有变得更好。他焦灼吗？失望吗？压力大吗？他那么瘦，他熬得下去吗？

正想着，有人喊他，他跳起来，我心里也一喜，既而他行动了，我才知，又是有人请他吹头发。

修完头发出去的时候，我心里怅怅的，很遗憾，我不知道他的姓名，要不然，下次修发型，可以把头发交给他，给他一笔生意。外面阳光灿烂，我转念安慰自己，只要他坚持，总有一天会有收获，如若他轻言放弃，也不值得我为他闲操心。

五月的一天，我突然心血来潮，决定去整理发型，里面电一层的那种。进了店，前台问有没有熟悉的发型师，我说："中等价位的，随便吧！"听我说有大动作，前台的女孩说："我介绍小晨老师给你吧，相信我，没错的！"万事听人劝。往里走，出来迎接我的，居然是他！他就是小晨！我也挺高兴，觉得上帝给我安排了一份心意。

坐下，大致说了要求，他指挥他的一个小跟班帮我编头发。小跟班怯怯的，行为举止比水芹还嫩，一边编头发一边跟我闲聊。他也过来，当听我说五六年都在这儿理发的时候，他表示吃惊。我告诉他："你帮我卷过头发。"他尴尬地想想，再笑笑。小跟班说："哇！小晨老师那时还不是发型师呢！"

好运是接二连三地来的。当我在卷发，有人进来，点小晨的名。小晨不自信地问："你确定是喊我？真的喊我？"来人径直进来坐了，笑着说："上次就是你帮我剪的发吧？今天烫一下。"

小晨激动得手都抖起来了。

在一个老剪"碎发"的顾客眼里，小晨的修剪功夫还不到家。不自信、不潇洒、不自然，小心翼翼的，是心里没谱的小心翼翼。但我心里祝福他，祝福他早点熟稔起来、自如起来。

回去的时候，有人说："你这次发型弄得不大好！"我呵呵一笑，新手毕竟是新手。但所有"老手"都是从新手成长起来的。

我有许多弟弟妹妹在外闯荡，他们都是新手，我希望他们都有一颗小晨那样的"升级之心"，同时也能遇到像我这样给新手一个机会的老顾客。

美丽裙子，美丽人生

提起裙子，就想起弟弟把大姐的半腰裙披挂着当袈裟，假装念经的情景。那条半腰裙也是我的最爱，我经常抢过来穿上身，在夏晚的微风里体会旧小说里的摇曳生风。

好像到外出念书时，我都不大有自己的裙子，母亲为我准备的行囊里，全是裤子。

但哪个女孩不喜欢裙子？

那时宿舍里谁有了新裙，大家绝对要轮流穿着过把瘾。翻开读书时的旧相册，一组照片，大家穿同一条裙子，捧同一个绒毛小狗，拍下了同样的背景，不同的只是穿者的高矮胖瘦、脸圆脸方……那时候谁管合适不合适，只要是新裙子，大家绝对要试试，试了不过瘾，还要拍照留念，于是就出现了这组"六人同衣系列照"。

后来，我的姑妈送我一条她不穿的、黄灿灿的连衣裙，我当宝贝一样穿到学校，受到了全体舍友的追捧。青春岁月，谁不喜欢风情万千的裙子呢？

一工作，我即拿着工资去商场买裙子。看中一款镶边大襟盘扣复古套裙，三百多元的高价，我连试的勇气都没有。想象自己把头发分扎两边，穿上套裙，一副乖乖巧巧的民国学生模样，心里向往极了。攒钱的过程中，恰逢院长带着他的宝贝女儿来病区办事。院长的女儿就穿着我看中的套裙，高高挑挑，白白净净，文静地立在她爸爸旁边，虽没有分扎两边的长辫，却已经很有"女神"样了。面对院长驾临，我被护士长驱使得像狗一样，内心既紧张又胆怯，自此知道女孩与女孩之间的差别如此之大……

那套裙子终究没买。

后来肯定买过许多裙子，长的短的连衣的分段的，像个饿怕的人，有点钱就满足自己的口欲。每次收拾衣服我都被农村老妈训："你哪来那么多裙子？买了又不好好穿，扔一边多可惜？"

每年收拾衣柜，都重遇那条旗袍，大概是《花样年华》热播时，我到商场买回来的。可惜只在家试了凹过造型，出去却从来没穿过。

现在的衣柜，多的是半腰裙，跟上班氛围很搭——每天都蹬着高跟鞋，穿着衬衫半腰裙"蹬蹬蹬"上班去。有人说"半腰裙高跟鞋"是一种人生态度。

我所在的部门向来不被学校重视，无论穿得怎样，都只是个不重要的校医，但我还是穿得那般雄赳赳、气昂昂，我大概是穿给自己看的，哈！

悦己

最近喜欢收拾。

大到家具，小到花盆草景、牙具、毛巾，统统排列整齐，让它们有秩序有规律。也就是用一点点小心思，杂乱无序的物件就整齐好看了；继续用心三五日，手边的事物都变得秩序井然。碗橱内大小有别的碗、衣柜内颜色间杂的衣、卫生间折叠方正的手纸……如此坚持半月余，生活就起了变化，围绕你的东西总是谦卑有礼、恭逊整齐，仿佛有了灵性……我家的宠物小兔也被院落的整齐秩序感染，每天如厕一定要跳到高处花草茂盛处，完事再回到院内。这样，院落整洁，它身上的绒毛也显得更加洁白了，不费我一点心神。

到朋友家，看她杂乱的内屋，不禁替她惋惜，惋惜她没能体味到有秩序的好。到公婆家我就不那么客气了，看到乱处就抬手张罗：把膨胀的棉花胎叠方正安置到角落；把鞋由高到矮排列齐整；把杂物收进某个杂物袋。仅仅一小时，他们的房间立马显得敞亮。公婆不好意思地说："家里没人来，所以我们也就懒得整理。"我对他们说："收拾清爽，不是为来人，是图自己心里安逸。"

以前在某画刊见过一位有强迫症的艺术家，他的手边所有物件都是由大到小循序排列的，包括吃剩的鱼刺，有人看了可爱，拍下来，鱼刺也成为一幅艺术品。我想，这个画家所经之处该是多么令人赏心悦目啊！无独有偶，老家有位长辈，独居竹林下，一副仙风道骨的模样，他的竹林是全乡最整齐的，他的院落是全村最干净的，屋内的什物每样都有自己的位置，屋外的庄稼也行列鲜明，就连砍下的柴，也码得规规整整，令人心生欢喜。想他每日锄禾午后，坐在整洁的院落喝一口热茶，目之所及都是齐整安逸，他的身心该如何放松、自在啊？稍稍学学他们，将手边的东西排列整理：一支牙签、一只指甲剪、一个迷你小音箱，从大到小，从粗到细，本来毫不相干的一干物，仅儿秒，就变成一个友爱团体，似乎随时能唱出动听一致的歌。这时的满足感，只有爱收拾的人才能体味到。

我的外婆也是个惯于收拾的人，她不仅收拾屋子，还收拾自己。无论什么时候出现，外婆的鬓发都是滑溜整齐的，她的兜里永远有块叠得方方的手帕。外公重病，外婆就梳着水滑的头，边落泪边用方正的手帕替外公拭嘴角的分泌物……身边也有时刻精致的女子，一样要忙碌上班、一样为人母、一样要操持家务，她们始终忙而不乱，呈现出令人钦佩的细致典雅……该怎样的精细才能做到随时随地庄严呢？

能做到随时随地精致的人都有与众不同的发心。有的人收拾是为了让人羡慕、招人崇拜、满足虚荣，而有的人收拾只是为了修心。为了别人的人终会疏忽，只有为了修心的人，才会时时刻刻保持整洁。发心不同，结果不同，导致的心境也大不相同啊。

佛经上有扫地僧勤勉清扫最后成佛的佳话，而对我们常人来说，收拾就是修心，悦人不如悦己。

总有一句对我有用

刚进文联的时候，碰到一个待我异常热情的人，在我一口一声"老师"的恭敬称呼下，他侃侃长叹，抨击别人，抬高自己，让我的"老师"喊得越来越乏味。

时间证明，他只是一个文学混子。但现在想来，我一个一个"老师"的恭敬出口一点也不冤枉，因为他曾跟我说了这样的话："《××报》订了没有？作为一个写作者，《××报》是要订的！"因了这句话，我真的订了《××报》，确实受益匪浅。天下文事、先锋观点、优美散文小说，字字珠玑，每一份都令我爱不释手。

朋友信佛，有缘结识一位佛友。可惜佛友修炼虽深，却对朋友帮助不大。朋友觉得：佛友是以近乎密宗的一些方式参禅，而朋友自认是个极愚钝的人，只喜欢净土宗的老老实实。但佛友一片热诚，朋友也不好拂人美意。那次会面后回来遇到我，朋友说："我今天跟佛友交谈，他的一句话对我启发很大。他说，烦恼自在那，你不去在意就行了。这句点拨，令我豁然开朗。以前只想着怎样去除烦恼，越想烦恼越多，现在才知道烦恼是不必去的，让它在那儿吧，我不在意，它就拿我没奈何了。"

我眯眯笑："与人谈，总有一句话有用。"

总有一句对我有用

还有个糟老头，一人独居，常来量血压，没事就坐在这边不走，同事们都很厌恶。可就是这个糟老头某天跟我聊天，让我彻底明白了中原、关中、关东、湘西等详细的划分界限，让我了解了西安的天气特征、风俗人情。他年轻时在铁路部门工作，又在西安待过十五年，中国的版图已牢牢地刻在了他心里。俗话说：读万卷书不如行万里路。而跟一个阅历丰富的老人一通漫天漫地地闲聊，也近乎于一次大范围游历了。

那个爱炫耀的女人，每次来都是美容美身宝典一大堆，我不爱听，但最后总有一句话对我有用。因为，她习惯在临走之前评价一下我，从她的评价中我得以知道自己最近的气色如何，或者身上衣服搭配是否恰当。

而那个喜欢八卦的女人，每次来都以"你知道吗？"开头，张家长李家短，搬出矛盾是非一大堆，身边人都避之不及。她真来了，我只微笑听，不发表任何意见。谈毕，她满意走人，我以她的故事为素材，写下小说发某报，得稿费若干。

　　哈哈，总有一句话对我有用。

记忆的蒲公英

夏天的记忆里，麦子总是金黄得很齐整，它们列队在田头，或已被放倒在场边；而我们总是很忙碌，躲在菜窠里吃立夏的鸡蛋，或忙着赶那场儿童节的演出。

夏天的记忆一直开在路边，是那朵开熟的蒲公英花儿，遇到适宜的阳光和轻风，就会"呼"地飞出去，细小的籽粒飞扬，记忆也飞扬……

夏天的记忆里总有父亲。父亲一直很健康，从来没有胖过，但也从来没有示过弱。劳作了一天，清风吹拂的晚间，乡邻们喜欢聚一聚。这时，父亲喧哗的声音最响，他要么与人拼酒，要么与人比饭量，实在没得比，还跟人家比吃肥肉。一场子的人都在看父亲表演，父亲神气活现地亮出空碗，向对手示威，然后满场惊讶佩服地赞叹……

那时，父亲很张扬，而我总是暗暗地汗颜。幼小的我已懂得能喝酒算不上什么，能吃饭算不上什么，能吃肉更算不上什么。而那时的我，却不懂得幸福。

二十多年后，父亲依然瘦，但已经羸弱不堪了，吃饭是小口，喝酒是小饮，走路也慢慢悠悠，风一吹便能倒。我常常在电话这头

惊恐地想着父亲，我知道，有一双莫名的大手正将父亲的活力一点点地抽去。我心痛又无奈……此时我才明白，童年里能看着父亲与别人比酒拼吃是多么幸福！

其实，生命就是这样的过程，该去的总归要去，该来的还是会来．而我们，红尘中的我们并不心甘，总试图抓住些什么。这时候，就有一朵记忆的蒲公英"呼"地打开来，让我们觉得手心里还留有温暖。

记忆的蒲公英也会开在夜晚。女儿上卫生间，起来陪她。小小的人儿坐在马桶上，有迷迷糊糊的可爱。而我是清醒的，就忆起童年，我要上厕所，自己起来拉亮灯，母亲总是要起来陪的，因为厕所在后屋，还是深夜……那时等我的母亲会咕咚咕咚地喝上几口茶，很清醒的样子，如现在的我。

我常常有小小的恍惚，寻常的居家日子，简单的三口一起吃饭都会让我恍惚。那么多场景，与我的童年那么相同。只是那时我很小，现在我的女儿很小而已。

记忆的蒲公英还会开在一只西瓜的边缘。打开的西瓜成碗状，里面插把瓷勺，精华部分已被我享尽，而爷爷还是要拿去不停地刮。刮到最后，瓜皮薄如蛋壳，翡翠莹绿，可以透过光。爷爷说，瓜青最祛火纳凉呢。有个后妈给亲生儿子吃西瓜瓤，给继子吃瓜皮，结果大伏天，亲儿子被热死了，继子无恙⋯⋯

于是，现在的我，吃瓜总是吃尽红瓤，吃到瓜青为止，不及爷爷节约，但于现在的社会已属难得。我常常看到别人丢弃的西瓜皮，瓜皮中总有半寸厚的红瓤，这时，记忆的蒲公英会被触疼。触疼的蒲公英也"呼"地打开。打开的蒲公英里有爷爷的音容笑貌，有爷爷在不停地刮西瓜皮，还有我抓住的些许温暖⋯⋯

外婆哲语

外婆不识字，可她通透世理，对晚辈的训辞一套接一套，令人不胜其烦的同时又对她的口才妒慕不已。现在外婆离世，而外婆的哲语却时常萦绕耳畔，细细品味，农人的真知有如泥土，简单、厚实、质朴，值得我们一辈一辈传承。

农民都是"闻鸡起舞"，农民外婆也不例外，即使冬日滴水成冰，她也黎明即起。看着外婆边干活边呵白气，我只有往被窝里缩得更紧。外婆至我床前，见我醒着，便念叨："早起三桩，晚起三慌！"

不听。起来后果然是慌张的，馒头攥在手心，脑子里乱蹦着那些需要默写的生词，踏着铃声进教室，心扑棱棱乱抖，迎着老师威严的逼视，终于有两个词没写得出……想第二天一定听外婆的话早早起，可惜，第二天依然旧习难改。

现在，我成家立业了，诸事缠身，算来算去只有凌晨早起挤时间，看看书，上上网，写写字，再拾掇拾掇家务，早起完成的何止三桩啊！忽然就对蒙头大睡的先生念叨："早起三桩，晚起三慌啊！"那个样子一定很像外婆！

对待钱财，外婆也有自己的看法："财到不知来路，财走不知去路。"所以，有财莫狂，无财莫沮丧，有财无财都是转瞬即变的事，当不得真。她讲这样的故事：过去有个大财主，恃"财"狂傲，看人不起，目空一切："驴驮钥匙马驮锁，什么时候穷到我！"结果一把天火烧了他的全部祖宅，空留那些钥匙锁了。瞧，财走的时候，就是这样风中不留痕，雪上不留印。

而穷也不是没有尽头的事情。外婆这样劝一个家道衰落的亲戚："雨下不了一时，人穷不了一世。"三十年河东，三十年河西，人生变幻，说不定下一刻行好运的就是你。所以，对待人生不可太萎靡，也不可太有把握，得意时担点心事，失意时想点希望，松紧平衡，这是农人生活的哲学。

"捕到鱼，舢板都会说话。"外婆是这样诠释成功的。当成功人士在电视上侃侃而谈时，外婆就推着老花眼镜这样说。不由我不会意一笑。成功不是说出来的，是做出来的。你成功了，怎样说都是道理；你失败了，怎样解释都是狡辩。由此逆推理，说明万事不是先说再做，而是你先做成了，才有资格来说，即使是块舢板，只要捕到了鱼，你就放心说吧！

"斗米养个仇人，升米养个恩人。"当有家庭父子不合、母女反目，外婆就这样感叹。想想真是字字见血，声声含泪。有多少子女在心中对父母恨极了，父母当初辛辛苦苦地抚育子女，不就是养个仇人吗。而好心人的一点帮助，往往让受助人感激一辈子。对待亲人，我们有多少忽略啊。当我们跟父母冲突时，要想一想，那一把一把、聚集成山，养大你的米啊！

"忍了一桩去，免了百桩来。"我们常说忍，要忍啊忍。而外婆的忍却更直接，更简洁。你要一桩？还是百桩？这样一想，当然就忍住了。

小时候外婆是这样教导我做作业的："不可雨天背穰草，越背越重啊！"意思是本来当天可以完成的作业你不完成，结果第二天又有新的作业，你一拖再拖，事情越来越多，就会像雨天背穰草了。后来长大了读高中，外婆又这样说："力气养一人，智谋养千口。"学累了，学苦了，学厌了，就咂摸咂摸外婆这句话，不知不觉又划进知识的海洋：力气天然生长，而智谋可得一口一口吃进老师的方程方法啊！

作家王安忆说："中国农民的语言包含了最丰富长久的历史沉淀，书斋里的文字一旦到了农民语言面前，便无法不显得苍白、贫弱、乏味……"有人说这话有点过，但我还是在书斋里频频点头，恨不得钻进本跟王安忆来次亲切握手——并热切想起我那人去话还在的外婆……

我不懂母亲

我记得在初中时，曾和弟弟讨论，我们这儿白天的时候，美国就是黑夜。一旁做针线的母亲不理解，我就给她讲日照的道理，母亲听了惊叹道："太阳照不到他们那儿……那个地方地势真凹啊！"

至此，我就不再试图给母亲讲什么，我觉得，她总是不懂。

一路上学、结婚、生子，再大的困难，都不习惯跟母亲说，咬咬牙就挺过来了。事实证明，我跟母亲的确不在一个频道，她没办法给我建议、没办法给我安慰、甚至没办法理解我为什么会有这样那样的情绪反应。尽管我们说的是同一种方言，但我们的交流常因磕磕绊绊而止于三言两语。夜深孤寂的时候，我都觉得自己委屈。过着过着，母亲就老了。田地被人家转包过去，加上腿痛需要看病，于是，七十六岁的母亲来我这儿小住。

这个时候我才开始体悟母亲，也才明白：母亲的世界，我也不懂。我太拘囿于自己的内心，都期望别人关心我，而从来没有打开心量，去力图弄懂别人，哪怕这个"别人"是母亲。母亲不爱说往事，从不提及受过的苦：她小的时候外祖父就去世了，外婆半瘫，自己又是家中的长姐……也许是因为从小就没人听她倾诉，所以，她不习惯倾诉。后来，她嫁我父亲，结婚二十年才生下头胎的我，而且父亲也不是一个懂得疼人的人。母亲最难过的时候就掉两滴眼泪，但人群中，她从来都是笑语晏晏的。

到城市来，她一面感到新鲜，一面觉得陌生：因急于晾衣物而过早地关了正工作的洗衣机；到庭院做自己最擅长的除草，不想却拔了我刚刚养活的植物……这些，伤了她的自尊了。她一面说自己什么也不懂，一面愈发过得无声无息。

那一阵，我正好要应付一个考试，没空陪她出去走，于是，母亲就在屋内拾掇。看我看书，她就坐在一边看我，然后问我："上面的字都认识？"我说都认识。然后我自己就笑了，告诉她："不是为了认字，是为了字后面的意思，要记住这些意思。"她表示不懂。

她的自尊在她外孙女那儿挽回了一些。我的女儿，对外婆特别细心。看见外婆居然能读出几个字，很是欣喜。外婆告诉她，以前扫盲的时候她学过两天字，考试的时候，个个都识得。于是，女儿拿出自己小时候的绘本给外婆，叫她无聊的时候翻一翻。无聊的时候，母亲果然翻一翻。母亲的扫盲班，也就认识几个字而已，根本连贯不起来。但是，她多么愿意走进识字的世界啊！

那个午后，母亲回家了。我收拾绘本，忽然就难过起来。母亲这一辈子，老天根本没有给她上进的机会。小的时候没人教她道理，大了没人送她上学，嫁人了却碰到爱赌博的我爸……她就在命运的洪流里颠簸。但她竭力在颠簸的间隙做些自己能做的努力：侍弄庄稼，学骑自行车，空闲的时候打打毛线，她在她自己能做的范围内努力做到更好，她甚至能挑起一个家，可她的身躯才一米五不到！

我不该埋怨母亲不懂我，我该走近母亲。这次小住，她为了不打扰外孙女做作业，晚上八点钟就睡。她睡在我的床里边，瘦瘦小小的，让人觉得很疼惜。有一次，她提起从前来过的几次，谈及所拍的照片，她告诉我：她害怕拍照片。我该把这句话记心上，可是我忽略了，第二天去公园，还硬拉着她跟外孙女一起拍了张照片。照片上的母亲面容僵硬，她女婿说她仿佛受了惊吓。我不该粗鲁地硬拉母亲拍照的，我该引导她自然些，然后再拍，也可以偷拍，让她也能拥有一张自然的照片……但我如此粗鲁地对待母亲。

我不懂母亲，却总埋怨母亲不懂我。

教八十岁的妈妈识字

这些日子，我把妈妈带在身边。

那天，我突发奇想，想教老妈妈识字，结果她老人家很感兴趣，还真跟我学得很认真。

妈妈今年 80 岁整，是被封建思想熏陶着长大的长女，在家随父母、嫁人随夫君、老年随儿女，一辈子只知道操劳和奉献，从来没想过自己可以握笔。

但是我告诉她："妈你完全可以！"

妈妈曾经上过几天扫盲班，当时认识了些许字，尽管后来依然拿锄头，但见到认识的"大""人""多""少"等字，还会倍感亲切。

我先在网上下载了一些生字，回去教她认，妈妈很用心地跟着读。她自己掌握着识字节奏，学了几个后告诉我："少学几个，多了吃不下。"

然后，她好像天然地懂得艾宾浩斯遗忘曲线的道理，会赶在自己遗忘之前复习，常常五分钟就去看一次刚学的字，再记不住就两分钟复习一次。

五分钟、两分钟，是我个人给她划分的时间概念，在她，其实只是根据自己的情况及时复习。

我用她认识的字，给她写了一首简单的诗歌：

有一户人家，

只有一个人，

门口长了一棵树，

院子里面一口井，

家里一张桌子，一把椅子，一个柜子。

桌子上面三盆花。

日子过得安静。

她完全读会了。对那张纸倍感珍惜，还说回去的时候要把这张纸带走。

我觉得光认字效果可能不好，于是，开始教妈妈写。妈妈认为写字很好玩，边写边笑。

有一天晚上回来，妈妈已经去睡了，她作业纸上新写了一行，比先前工整了很多，其中一处还用橡皮擦破了。她刚写的"一二三四……"像一群小孩子，把我感动了。

有时候我去找她，发现她在房间内，认真想那些刚认识的字。有时候我做着事情，妈妈会把书捧到我身边，问我某个字读什么，并说："我怎么又忘记了？"

她一边说自己恐怕学不上，一边却极其认真地记忆。

只要我说过一遍的，她都认真执行，比如我随口说："以后，你要天天写这个。"

我顾不上认真检查她，但是随便哪天我口头问一句："你写了没？"她的回答都是："写了。"她从来没有因为自己年纪大就放任自己。

在女婿面前，她不怎么好意思学。其实女婿知道她学习的，她以为女婿不知道。

女婿看到一个老人认真写字的场景，的确是有几分想发笑。暗暗跟我说："别把老人逼得太狠，不然她不乐意待这边了。"

女婿的担心是多余的。尽管某些字喜欢跟妈妈开玩笑，让她老人家念过十遍也记不得，但妈妈还是觉得认字充满乐趣。

有一次我在洗衣服，妈妈在写作业。

隔着布帘，我就觉得这样的场景有种反差萌，就像那句颠倒儿歌："东西巷南北走，出门看见人咬狗，拿起狗来打砖头，又怕砖头咬了手……"内含一种调皮的温馨。

但为何不可以这样呢？为什么不可以是我们在做事，妈妈在写作业呢？我们小时都是这样过来的，现在，轮到我辅导妈妈了。

这是一种奇特的感受。

我相信，很少有人能体验到这些。因为他们的妈妈都认识字，或者他们的妈妈并不愿意学字。

去超市，我把妈妈带着，教她认"进口""出口"，教她认价格。通过这些，让她感受到字是交流、指引的工具。妈妈学会读价格，很开心，有成就感。

说实话，小时候我是奶奶带大的。后来上学，住校比较多，与妈妈相处也只是一起吃饭，日常说说话而已。

而这些日子，我才跟她真正相处。

史蒂芬·柯维说："当你定期与另一个人沟通的时候，你对他的理解会达到一个新的层次，几乎是由细枝末节的了解构成的。"

我近距离地发现我妈的韧劲。

她会反复去看自己刚认的字，赶在遗忘之前复习再复习，直至最后记住。

她对事物充满热情。

她开朗乐观。

她凡事都不往坏处想。

当然，之所以觉得这些品质亲切，是因为，这些悉数传给了我。

我以前只是模糊地感受到一些，现在，我清晰地意识到我身体里某些坚韧的来源。

妈妈在身边，让我具体地感知到我来自哪里。

当时只道是寻常

一

小时候上学时，家离学校比较远。一到雨天，乡村土路烂滑泥泞，父亲就下好面条用保温瓶送给我，面条是他的最爱，所以他就送给我他的最爱。在那个村小，在二百多个同学当中，我受到的是家长对孩子的最高礼遇。其他孩子要么冒雨回家吃饭，要么在学校胡乱解决后等待下午的课程。而我，并不感激父亲，相反，我却因他的张扬而羞惭得难以下咽。

雨天的父亲总是穿着沥沥滴水的雨衣，微笑着，直接把我的午饭从窗口递进来，递进严肃齐整的课堂，递进一室齐刷刷亮晶晶的目光，讲台上的老师不得不皱着眉头做短暂的停顿……而我的父亲，我的农民父亲只微笑着看我，不懂得跟老师点一下头或说句话，他只是微笑地看我，巴望着我能在课堂上就把面条吃下肚。所以，我羞怯的心，总是万分难堪，在父亲冒雨而来的关怀中，我却恨不得钻到地底。

后来随着岁月无情的增长，随着我桀骜性格的形成，随着我和父亲之间不断上演的矛盾和冲突，这些事，早已被我丢进了记忆深海。只有在今天，我突然想写父亲的时候，它们才猛地冲上来，击打着我麻木不仁的心。

隔着二十年的风霜，隔二十年的岁月，隔着二十年的沧海桑田，今天的我，才接收到了，那么多雨天，父亲从窗口递进来的款款深情。

二

炎热夏季，老屋门前。我穿着汗衫短裤在晒场上的玉米堆里玩耍。作为农村孩子，我没有被父母吆喝着干任何农活，相反，闲暇时，我总是这样沉浸在自己的世界里。

从田地里回来喝茶的父亲，疲惫地站在远处，却忽然笑出声："瞧我家月方，无论穿什么都好看，穿这套汗衫短裤，比城里人漂亮！"我抬起头来，迎着父亲赞叹的目光，淡然一笑，无比从容。许多年以后，我再也找不回如此接受赞美的心态，哪怕是在自认为最亲近的丈夫面前，我都会因小小的赞美心生一万份感激，仿佛那是不该接受的礼物。

农人父亲生养一个城市品质的孩子，这是父亲一世的追求，所以他不要我干活，不要我做家务，只要我白白净净，安安稳稳地读书。我在豆蔻年华安然地享受着这一切，从来没有觉着好，也从来没有觉着不好。

夏天晚上，无事的时候，父亲总是把自己黝黑的臂膀靠近我白皙的手臂，然后无限满足地问："丫头，你看看，哪个白！"

哦，我乡下的父亲、愿意用苍老来栽培娇嫩的父亲，与我隔着千山万水的父亲！

三

在我考上学校快要飞出的那一刻，我又和父亲顶撞起来。父亲暴跳如雷，以惯往的愤怒方式，嗓门大得仿佛能呼风唤雨。而我再也不惧怕他。那一纸通知给了我无限的能量。父亲把桌子掀了，父亲把盆子砸了，最后看我还不驯服，又搜出他视为家庭最高荣耀的、写着我名字的通知书："我现在就把它撕了！看你横！""撕就撕吧，这个学我不上了！"我没有一滴泪，我真的变成了一头牛，天不怕地不怕地埋着头、顶着角，对准父亲的牛。

但父亲的手抖了抖，最终没有撕下来，躁怒的他以最大的理智压下了自己的怒火。他从不低下的头颅，终于第一次在我面前失去了威力。父亲默默地坐到门槛上，脸色铁青。四周围着一圈劝解的乡邻。我看到被我打败了，像落汤鸡一样落魄的父亲，突然不想说任何话。多年来，遭遇父亲无数的暴跳蛮横和不讲常理，幼小的我一直渴盼能打败父亲，可是真的打败了，却没有一丝胜利的欢喜。

四

我终于飞出去了！

但陌生的环境、陌生的语言，让我成了一只想家的燕子。我不断地跟邻居姐姐通信，述说自己的离乡之苦，然而，我从她的嘴里知道了父亲被人骗的消息。

我又被激怒了，我愤然拿起笔，像握着一柄利剑，直指父亲的咽喉。我说："这么多年来，你为我做过什么，你为妈妈做过什么，你为这个家做过什么！看看你的房子，是全村最差的，看看你的女儿，是全村成绩最好的，却是最自卑的。为什么？因为有你这个父亲！"我把最能刺痛父亲的话刻在字里，刻在我的愤怒里。

家里的父亲终于被我刺痛了。酗酒而且从来不认输的父亲，醉酒后说对不起妻儿。然后，五十岁的他背起行李，去远方找那个骗子讨债。

我在学校安然读书，我觉得我把父亲教育好了，我成功了。

一学期结束，放假，我回家，父亲讨债还没回来。乡镇的车站，没有父亲来迎接的身影。

再上学，再回家。

然后，听返乡的父亲，谈起那些讨债的日子。他只说那不是人过的日子。然后，不善言辞的父亲就不再言语。那时我还没长大，所以，我什么也没听出来……

可是，现在，当我在社会上也吃了些苦头，当我也见识到了一些冷暖，父亲的那句话，我就不敢细想了……

五

后来，我嫁了人。在成为母亲的那道坎上，我与死神擦了回肩。

生命游离的时刻，母亲来了，父亲没有来。父亲在家照看他的田地，他的鸡羊，他的老屋。

等我缓过来的时候，父亲也利利落落地来了。还是不言语，还是长长的沉默中偶尔的一问一答。虚弱的我看不出父亲的不同。我自己内心也没有任何不同。这么多年，我与父亲早已习惯了这种呆板的、简单的交流方式。

一年后，我带着年幼的孩子回娘家。隔壁婶婶来看经历生死的我和女儿，谈起那段令人心惊的日子。婶婶叹道："我知道你那时肯定危险，我不用打听，单看你爸爸我就知道，那些日子，你爸爸话语可少。一天到晚一个人坐在河边，我看了都难受……"寻常的家常话，却说出我的泪来，我的内心翻江倒海，我沉默的、不善表达的父亲，我死了一回，你的内心疼痛哀伤了几百回啊！

六

再后来，我开始把父亲当小孩子看待了。他打牌我给他零钱，他生病我带他看病，他来城里，我给他忙吃的买穿的。父亲听从一切安排，真的变成了一个孩子。

那天一起上街。我拉着父亲的手，想和他并排走。可是父亲挥挥手："你上前，我跟着。"于是，我在前，父亲亦步亦趋地跟着我，像我幼时的影子。

我在前面走，带着我的父亲逛城市。时间的车轮中，我和父亲一下子就完成了一个简单的轮回，我长大了，父亲却变小了。变小的父亲已经需要跟着女儿才能逛完这条街、才能走过那条斑马线了。我不知该为父亲的退化悲哀，还是该为自己的成长欢喜？

七

那天，跟一位友人聊天，忽然就聊起我的父亲，我说我的父亲赌博，我还说我的父亲对家庭没有责任感，可是再细细谈，我却发现了那么多、那么多关于父亲的温情。朋友在网线的那一端笑："当时总是平常事，过后思量倍有情。"

我在网线的这一端笑："亲情真是种说不清道不明、魔法一样的东西。"

然后，在电脑前，我的双眼涌出大滴大滴的泪水……

爸爸寻亲

爸爸不是奶奶亲生的，是爷爷从福利院领回来的。跟着爷爷回来的时候，爸爸已经十三岁了，看着农村场上堆积的山芋和萝卜，欣喜若狂，心想这下可以吃饱了。

可是过着过着，生活的苦就一天天凸显出来，养子与养父的隔阂、农村生活的艰辛，令爸爸在十五岁那年，想到要寻自己的亲人。他鼓足勇气跑到福利院，知道了自己本姓许，城里还有个表姑妈。表姑妈没找到，爸爸寻亲的路断了，他一遍遍在脑海里搜索自己的爹和娘：娘只是一个模糊的影子，而有关爹爹的记忆，就是爹爹已经死了，他还滚爬着吃掉了爹爹手边的煎果子……

爸爸寻根，爷爷不乐意，父子关系僵，促使爸爸一趟趟往福利院跑。他的努力没有白费，他寻到了记忆还清晰的表姑，知道自己还有一兄一弟，弟弟被一户杨姓人家抱去，而哥哥十四岁就当了兵，据说解放后安家在上海。

大上海，何处寻找一个没父没母、早早当兵的姓许的男子？爸爸泄了气。十八岁那年，爸爸成了婚，爷爷以为这下爸爸的心可以安定下来了。殊不知，结婚五年后，爸爸终于踏上了他从没去过的大上海。

只有小学三年级的文化，没坐过轮船，没见过长江，没登过高楼大厦，为了寻亲，爸爸克服了诸多"没有"，用脚一遍遍丈量着那片繁华之地。挨饿是正常，遭白眼更是正常，他就这样操着当时上海人非常瞧不起的苏北口音，在上海街头寻找一个姓许的哥哥。

在我们没出生的那些年，上海他去过五次，终于，在我五岁的时候，我拥有了一个上海伯父。从寻找到寻见，时间跨度是十五年。上海伯父要来我家，我只记得全村轰动，我走到哪儿都有人问："你上海大大啥时来啊？他习惯我们这儿的泥地吗？你爸如何寻到你大大的？"上海哥哥终于要来了，爸爸激动，他激动的表现就是沉默不语，对村人的疑惑不做任何回答。伯父来了吗？没有，因事耽搁了，另一说是伯父去大丰寻杨姓叔叔，然后时间来不及，直接回了上海。

在我十岁的时候，伯父带着叔叔来我家，全村鼎沸，赶着来看兄弟团聚，伯父给大家分糖果，我家人来人往，比放电影办喜事都热闹。大娘大婶们点评："弟兄仨一看就是一娘所生，眉眼就似一个模子刻的！"的确如此，以我十岁的眼光看过去，伯父就是小号的爸爸，而叔叔就是爸爸的年轻态，他们长着一模一样的脸，一样的黑皮，不同的是个子：伯父矮、叔叔高、爸爸中等，还有一个大大的不同：三人三个姓。好像爸爸激动得想改了自己的"张"姓，被伯父拦住。于是，我爷爷奶奶心头的一块石头落了地，招待客人招待得很欢。

斗转星移，相聚场景似乎就在昨日。而前两天，爸爸打电话来说接到音讯：上海伯父去世了。叔叔呢？叔叔早在八年前就先走了一步……三个异姓兄弟再次分离，唯有墙上的照片记录着往昔的团聚。

弟弟

　　小时候的弟弟是个很内向、很怕生的男孩，关于他的"旧事"很多都记不清了，唯独那次照相的经历记忆犹新，每次想起总忍俊不禁，恍若昨天。

　　一天，村里来了一个替人拍照的上海人，妈妈决定让我们姐弟俩拍张合照。

　　我兴奋地手捧鲜花，摆好姿势，单等弟弟的到来。远处玩得正欢的弟弟听说拍照，也很起劲地一路小跑着来到现场。他站到了我身边，上海人便开始叽里呱啦地为他摆造型。也许是听不懂口音，也许是上海人戴着墨镜，反正弟弟一转身、一拔腿——溜了！怎么也叫不回来！我不得不很遗憾地撤退下来，心中对弟弟的怨恨塞得满满的。

　　从此我看弟弟的眼神增加了许多毫不掩藏的鄙夷，即使他照旧跟在我后面亲亲热热地叫"姐姐"。

　　想不到，走上社会的弟弟一改过去的恬静羞怯，大方了许多，开朗了许多。看着他在公交车上和陌生人侃侃而谈，看着他小大人似地跟别人称兄道弟，我居然有点陌生，有点别扭，总觉得他只是个装成熟的小孩而已。

但是弟弟在一家乡镇小厂里混着混着，居然谋到了办公室主任的职位。因为这，爸爸满是皱褶的脸镶进了无比的自豪。

可是，忽一日弟弟决定辞职，因为他要奔向他的爱情。女孩在远方情意绵绵地说："你来吧，换洗衣服都别带，一切有我。"于是，弟弟跟厂长不辞而别，谁都无法阻挡。

不放心地打电话过去，弟弟总是很爽朗地回答："这边很好，你放心！"通过声音，我仿佛看到了他的满脸阳光，于是便真的很放心，以为弟弟已经找到了自己的幸福。

但一年之后弟弟闷闷地回来了，对辞职之事只字不提，只是闷头替家里干活。父母不断地询问，想知道更多的细节，他始终不答。而我什么都明白了。（怪只怪自己的疏忽！这一年里，弟弟受了怎样的伤害？要不是走投无路，他怎会毫无颜面地回到家里接受全村人疑惑的目光？）所有的人都在骂那个令弟弟一场空的女孩，可是弟弟没有。

后来弟弟咬牙去了上海，出门在外多难啊，更何况是既没有高学历又没有大力气的弟弟！但是他对家里的爸妈永远都说好。我从他瘦削的身体、磨破的鞋子上看出了他的艰难，我唯一能做的就是在电话里为他鼓劲，在空闲时间里为他祈祷。我希望弟弟能够坚强。他果然没有消沉，一副永远不灰心的样子，因为通过电话传过来的都是阳光般爽朗的声音。

一次偶尔听一位熟人说，弟弟在那边为了省钱，所有的路程都是徒步，他不舍得乘坐公交车，哪怕只需一元。我的泪不自禁地流下来，为了弟弟的劫难，也为了他的毫不气馁。

听说弟弟又干起了挨家挨户的推销，于是自家门前出现各类推销人员的时候，我就想起弟弟，想起他一声声亲热的"姐姐"……

不知在他乡，弟弟是遇到了一个不屑的眼神，还是一张温暖的笑脸？

忧郁哥

2011 年 2 月 10 日，忧郁哥在天涯发了这样的帖子，标题是《哎呀哎呀，要挂了，求安慰》，语气轻松快乐，像是个无聊的玩笑。帖子内容也只有一句话："哥下午拿到 CT 报告：肝癌伴肝淋巴结转移，明天增强确定，后天宣判死刑。"

许多人都在后面跟帖，说他骗回帖，骗积分……后来忧郁哥自己说："家里四口人，两死两伤。"死的是他爸爸妈妈，伤的是正在同时住院的他和他的姐姐——他家有遗传性乙肝。他在读小学的时候死了父亲，也许从小就得面对这个残酷现实，他对人生充满惶恐和谨慎，为了不耽误别人，他一直未娶，现在面对疾病的是自己一人。母亲呢？母亲几年前去世了，去世的时候，忧郁哥身上仅有两千元钱。他说他帮母亲梳理枯乱的头发，很想问母亲能不能原谅自己的不孝（未娶、无后），可最后还是忍住了，没有开口。

开帖子为什么？无他，只是找一个出口释放自己的压力，所以，忧郁哥对自己有个约定：不暴露自己任何信息、不希望别人探望、不要求别人到现实来分担——他痛心痛肺地了解"分担"，他自小就是分担着长大的，他说那就是把"痛楚扩大了千千万万"，所以他坚决不肯把疾病分担给别人，包括想去看望他的网友。

他要去看望姐姐，他说，姐姐与他住同一医院。他在内科，姐姐在外科，相距大概二百米。他有些不舒服，他慢慢地走过去，上楼前，先在花坛边调整了自己，让自己看起来轻松一些。姐姐离婚了，他希望能走在姐姐后头，这样可以避免姐姐伤心。他见了姐姐，他隐瞒了自己的病情，他说自己只是转氨酶有点高了，一切还好……

然后是一百多天看病的日子，忧郁哥安于命，他不会与疾病斗争，他似乎已经等待这场病很久。他淡淡地配合着，淡淡中还是有一点看到结局的轻松和调侃。

QQ 上，他的表妹跟他联系，问他一切可好？他说好。问他工资怎样？他说钱多得用不掉。他的堂哥跟他联系，说要帮他介绍对象。他说，可以，但是必须两个月后。他在帖子里说："两个月后他就会明白我为什么说两个月后了。"

疼痛，难过，一个人来来去去。其中有位邻居奶奶来家里看过他，问他为什么总一个人？还说他看起来年轻，应该能抗得过去。忧郁哥在帖子里写了两个字"温暖"。

睡不着、呕吐，一肚子腹水，行动不便，怎么着都困难。他说他的愿望是不要死在医院，不知能不能实现？他说他最后会通知叔叔，让他给自己处理后事……

7月的时候，他已经不能说话了，尽管有人来陪他了，但每说一个字都困难。他在帖子里写："叔叔和堂弟来了，有人陪聊，可惜我说不了话了，但心里很感动很温暖。"

7月8日，他难过，他写："如果我还能在世间再活一天，我把它视为上天对我的礼物；如果我还能活一天，我会把它视为朋友们对我的倦（眷）恋；如果还要活一天，那将是上天对我的审判；如果还要我活，那将是全全世界对我罪恶的最恶的诅（咒）……"

7月16日，他写："还活着哦，这是近两个月来感觉最好的一天，睡得舒服极了，希望是回光返照，再次感谢。""感谢"是感谢那些跟帖关心的人。

7月19日，他写："罪后一天。"

然后《哎呀哎呀，要挂了，求安慰》的连播贴，戛然而止。

我一直看到这个标题被管理员加粗的帖子，一直没有勇气打开。终于鼓足勇气打开的时候，已经是2014年2月24日。而离"忧郁哥"离去已经两年多……还是不断有人将帖子顶起，大家都在祝福和祭奠，还有人希望忧郁哥看看电视某个节目，因为忧郁哥曾经吐槽过糟糕的电视节目。

网站没有按忧郁哥的要求"停止连播即删帖"去做，也许管理员和我们一样，都觉得这是忧郁哥的所在，保留着，让人有个念想。提供一个临终之人的倾诉窗口，这是网络这个虚幻圈子，少有的温暖实在之处。

第二章

看到的美

当你抬头看云的时候，

不一定非得心身闲适、心中无事；

也可以是为了调适内心、摒弃杂念；

也可能刚刚哭过喊过，心中已经雨过天晴……

无论什么境遇，

都抬头看看山、云、天吧，

它们能让你懂得什么是生活，

而不仅仅是活着……

音乐的丛林

在音乐的丛林里，随手可触及那些音乐的明。

比如钢琴曲。叮叮咚咚的模样，是春天轻舞的雨滴，快乐单纯而美好，偶尔忧伤愤怒了，也是闲愁散苦，没什么大不了。比如萨克斯曲，悠扬绵长，是夕阳下沉思的青年，有惆怅但也有余霞散落下的温厚光影。比如笛子，一串音符细致紧密地蹦出来，欢快缤纷，是波光粼粼的水面，是动物世界里小鹿撒欢地跑。而吉他，介于钢琴和萨克斯之间，适合流浪，在青草地上，怀拥着心思独自弹吟；还适合做情歌的引子，做情感抒发的铺垫和酝酿。

……

这么多明的声音，总是轻快而飞扬，总是澄净而美好，总是为大多数人所珍视和收藏。

而我，徘徊在音乐的丛林里，更愿意捡拾那些音乐的不明：咿咿呀呀的二胡、若隐若现的洞箫、呜呜咽咽的大提琴……它们不急不躁、不欢不跃、不飞不舞，它们契合了生命最本真的底色，是心灵最深处最不想述说却又无时不在的低语。

听过古琴和箫的对吟吗？琴在暗处，箫在明处，暗是从容的暗，明是毫不声张的明。音乐起处，琴在一步一步闲散地走，而箫在远处，悠远空灵飘渺，若有也若无。琴箫的滋味是清淡的滋味，清淡几分便悠长几分。它们合在一处，是一静一动的两隐士，天是高旷的，心是古远的，而情感，是寡淡节制的。所以听琴箫如品茗，靠内在，靠沉静，靠自省。

如果是单独的古琴，就适合夜了。"夜中不能寐，起坐弹鸣琴。"这时的琴音是野外的孤鸿，是夜不息的翔鸟，也是鉴帏的明月，吹我襟的清风。夜半醒着的人总是孤寂烦闷，但坐下来抚琴，琴音一响，清风明月就扑面而来，扑啦啦吹走一世的悲凉，只剩下坦荡荡清冷冷的清亮。而单独的萧，适合于独居高山。纳气如兰，对准吹口，所有情绪都从心底飘荡出来，再盘旋传递给四周静默的群山。吹箫的人，应该有李白独坐敬亭山的孤寂，也应该有相看两不厌的旷达。

琴音也可以充满悲情。电视剧《红楼梦》主题曲《枉凝眉》，所有乐曲未开始前，有古琴一声"噔"的吟响，总是在我心底激起无数波澜。佛说，世人因离情别苦所留下的泪，比那四大海的水还要多啊！而那些水，就蕴含在这古琴浅浅的一声低吟里，让人要听又不忍卒听……

二胡就凝聚了人世所有的沧桑。手臂开合、弦弓收送间，两根胡弦发出的声音就结满了老茧。即使《良宵》这样欢快的曲子，也是人生重负下的一缕短暂欢愉，更容易让你联想到快乐易逝。而《听松》这样气势高昂的曲子，也满含命运的悲怆和在大自然面前灵魂的震慑和悲苦，更不提阿炳对月的那段波澜起伏的悲怆了。

如果有空，再听听大提琴吧，所有藏在心底的心事，都会被大提琴一缕一缕地抽出来，然后如沐新雨、心身两净。

除了这些，我还偏爱那些背景式的乐器，比如竹沙筒、比如木鱼，它们一粒一粒在远处，有一种时间般的匀净和冷清。听《春江花月夜》，一串串清脆琵琶音，后面跟着竹板，哒、哒、哒，是诗人亘古的怅惘，是大江东去的无奈，是雨打芭蕉的清愁……是我的思绪在音乐的丛林里不紧不慢地行走……

哦，在音乐的丛林里，我喜欢一些明的声音，更喜欢那些缠绕着无穷韵味的不明。

一墙凌霄

　　那天，往乡下赶路，一路小商小贩和不规则民居，把道路逼得很窄。正走得不耐烦，眼睛突然被一幕花墙一闪。细细看，原来是一丛橘黄色的喇叭形花，昂扬于千万绿叶上，把一个小小的院墙门装扮得分外灵秀闲逸。

　　太阳早就落下去了，到处灰蒙蒙的，路边的人也懒散，而这墙橘黄和翠绿，却提升了整个街巷的格调，仿佛灰蒙蒙的天和懒散的人也是老天有意布下的衬景。再看那面花墙，俏丽活泼又不失宁静内敛的底蕴，我真怀疑我是闯进了某幅油画。花的橙色在灰蒙的布景上炫得砖墙古朴、天空静郁、小路神秘；炫得看客心头浪漫。

　　要赶路，与花墙告别。第二天回头，特地循着来路，期颐一见，不知为何，居然错过。

　　这一次，又要去乡下。我铁定要与那面花墙邂逅！于是嘱咐陈老师慢慢开，我仔细寻。果然，花墙还在那儿，正午的阳光泼洒下来，每个花盏都斟酌了一杯，于是阳光在花筒里一闪又一闪，花盏下的绿叶也不甘示弱，噼里啪啦循着阳光铺展一路。我一定要下车，看看这惊艳的花。

　　簇拥一起的喇叭形，攀缘的形象，使我直觉她是舒婷诗里的

"凌霄"。

　　紧邻院墙的是家小商店,六十多岁的老妇人躺在店内的躺椅上怡然看书。我请教她花的名字,她探起身,脸上有慈祥:"这花是我以前随手栽的,没想到长这么好。曾有人特意来告诉我花的名字,可惜,我又忘了……""是叫凌霄吗?"她茫然地摇摇头:"不记得了……好多人来跟我要过花枝,带回家插枝条即活,都说这花好看,花期还特别长!"看我对这墙橘色赞不绝口,老妇人满足地笑。

　　细细看,花的根长在院墙外,拧成麻绳状往上攀援,不过小儿腕口粗的根,却供养了那么多娇滴滴的女儿,真是奇迹。

　　回到乡下的家,上网查,果然是凌霄。舒婷曾在《致橡树》里发表爱情誓言:"如果我爱你,绝不像攀缘的凌霄花,借你的高枝炫耀自己……我必须是你近旁的一株木棉,作为树的形象和你站在一起。"其实细细想,木棉有木棉的好,凌霄有凌霄的妙,伏在英雄肩头轻语叮咛、笑语相对也是好的女人形象，所谓巧笑倩兮！美目盼兮！柔情，其实是女性的根本。

回城时，我们又绕道花墙。但见夕阳下，凌霄梦幻般地迎向夜幕，她们严严实实地装扮了小院门，又密密麻麻地向青瓦上移动莲步，无可言说，只觉得门与院俱艳、路与桥俱鲜。

蚂蚁"呀嗨"

我住一楼，又是历经几十年的老建筑，所以家里地面、灶台、盥洗池常常有从墙缝迁徙而来的蚁群。

我并不想伤害它们，可面对细小勤奋的蚂蚁们，不伤害似乎是件很难的事。比如正切着菜，陡然发现刀锋上惊现一只四处急奔的蚂蚁，赶紧停下来，把它吹进垃圾桶——这只蚂蚁的蚁生从此改变咯！不知能否找到旧窝，从此与家人天涯两隔也未可知……还有时正待放水洗漱，猛然见水池里有蚂蚁，于是赶紧停下来，拈起刚刚被水冲得七荤八素的那只蚂蚁，轻轻地，轻轻地，将它放到盥洗池的干燥台面上。这只蚂蚁的蚁生也改变了，它走得好好的，却"天降洪水"，然后又莫名其妙被"天外神器"带到一个陌生角落，说不定要花上一生的光阴才得与亲人团聚……

"别人走路都能走得安全妥帖？我碍谁惹谁了？"如果有手，它该指天叫骂了。在它看来，命运对它充满打击。殊不知，恰恰是这种"打击"完成了对它的救赎，让它有能力度完余下的蚁生。但是，当局者迷，一只小小的蚂蚁，如何能看透命运机巧的安排呢？

我的小闺蜜（我女儿）闲了喜欢观察蚂蚁。她发现蚂蚁总是忙忙碌碌，但无论多忙的蚂蚁，看到同伴的尸体都定然使出吃奶的劲搬回去的。说明蚂蚁和人一样是有感情的动物。如果人类会蚁语，再有超级耳，就能发现它们是一个多么秩序井然又充满多种情绪的社会。

我有时候也喜欢捉弄捉弄蚂蚁，比如切了新鲜柠檬在一只奔波的蚂蚁周围划个圈。蚂蚁很害怕柠檬的气味，急急如行热锅上，最终突围出去，一定告诉别的蚂蚁今天的"奇遇"。

为何要捉弄？以我这巨人之高看蚂蚁一生，觉得它们大可不必如此辛劳。蚁生何其卑微和短暂啊，有必要这么拼命吗？可蚂蚁有蚂蚁的眼界，也必有蚂蚁努力的种种理由，而且这么多年，它们世代相传，不辛劳奔波又干什么呢？

我在想，如果真如《庄子》里写的那样，存在活了八百岁的彭祖，还有以八千岁为春、秋的大椿树，在他们眼里，人的生命应该就像电光火石那样短暂，他们还会说，生命如此短暂，为名为利的忙碌大可不必。不必？无论如何，身在其中的人是不大信的。就如若我对众蚂蚁说："你们生命短暂得很、你们的劳碌无聊得很……"蚂蚁们也万万不会信。

所以，闲了，喝喝茶，听听歌，根据天气情况在阳台种点小青菜，谅解自己如此格调低、不出色——也谅解小闺蜜不出色，阅毕小闺蜜领回来的成绩单，索性不着调地唱一嗓子："那一年华清池旁留下太多愁……"然后一起大笑。

不出色也未尝不是一种救赎，如那盥洗池边的蚂蚁。

一江新安水

当我把水龙头拧到冷水一边，才知道建德的水有多冷。此时仲春，室外温度二十七度，而建德的水却冰透了我的手指。立即想到酷暑炎天，江水浸泡后西瓜的沁心，以及满头大汗时，擦一把新安江水后皮肤会发出清凉的呼叫。这就是神奇的新安江水，恒定十七度。

你也许会疑惑，短短的一段文字中出现的两个地名。没错，建德、新安，是一个城市的两种叫法。建德这座县城盘踞在新安江之滨，占据新安江最大面积的水域。于是，这个小城既叫建德也叫新安，也有古名字"白沙"。这里有闻名全国的新安江水电站，许多外来工程师因水电站而落地生根，所以，建德是浙江唯一一座没有方言的小城。导游说，浙江方言丰富，一个小村落就可自成一个语系，而到建德，你尽可以敞怀交流，因为大家的日常用语都是普通话。这是时代给予建德的烙印。

晚上，在建德城行走，发现建德主城不大，半个小时不到，就能转一圈。但是，建德江畔，风景实在迷人。江畔入口，一位铜铸渔家姑娘回头张望，她的身边是一只铜铸鱼篓。新安江的韵致，一下子被这组铜像渲染出来。江水浩浩荡荡，汩汩不息，偶尔遇到阻隔就翻身笑一下，然后继续向前。江岸，隔十步种一棵大香樟，香樟周围一圈长椅，静静的，皆被灯光映成草绿。四五个散步的人，三两个打太极拳的老者。对岸江畔上的高楼以及横跨两边的新安桥，被灯光勾勒出一种绚烂和妩媚。江水依旧默默的、匆匆的，有居民在江边浣衣，哗啦哗啦，翻开这块沉静的软玉。

新安江源头是安徽省的六股尖，与富春江、钱塘江曲折相连，构成一个"之"字，所以自古有"之江"之谓。而这发源于怀玉山脉的新安江水，清洌、活泼、纯净。在建德，无论哪个水龙头，流出的水都清甜。

去一家茶叶店，皮肤细腻、面容姣好的老板娘正在跟茶工谈茶。老板娘面带忧虑，边讨论边娴熟地洗杯子、洗茶叶、泡茶叶，两杯翠绿转眼捧出，一杯献给茶工，一杯推给一旁痴听的我。我赶紧坐下，一江翠绿在面前舒筋展肢，一山蓬勃在杯里曼歌曼舞。他们谈到炒茶问题，对现在的茶农懒得人工炒茶面露担忧。有客人来，老板娘起身招呼。这时，茶工告诉我，机器炒茶只接触几个点，而人工炒茶手掌全面接触，所以喝起来不会艰涩。"只可惜，现在年轻人害怕吃苦，肯手工炒茶的人越来越少。"

来客是四五个粗鲁汉子，一下子买去新茶四五斤，呼啦一下来又嘈杂地走了。新安江门前走，青山对面留，老板娘坐拥一江春水，层峦叠翠，老板娘真有福！

叶之沃若

喜欢听蒋勋先生讲古文。蒋先生的讲课视频一般都是在大学授课时随性而录。蒋先生斜倚讲台，娓娓道来，一面讲古文，一边聊天南地北，把他深厚的美学功底、古文功底以及人生见识展露无余。所以，散步的时候，耳机里播放的往往是蒋勋温和儒雅的知识之音。

蒋先生一直强调《诗经》是农耕文化的产物。"桑之未落，其叶沃若。""桑之落矣，其黄而陨。"他说在《诗经》里，很容易找到关于植物的比兴。之所以说《诗经》是哀而不怨，就是因为农耕文化里，人们很懂得等待，懂得终会进入下一季，懂得季节更替会带来新的希望……

蒋先生在大学课堂授课，而我在乡间小路踱步。时空穿越，很轻易地，我们被"农耕"两个字连接在一起。眼前一片"桑之沃若"，广袤的、被农人侍弄的植物，齐整有序。

从禾苗的排列上，可以感受到农人的追求，无论是一列小葱还是整块禾田，都必定是成行成列。播种的时候，他们会细心地拉线成行。农人，家里陈设可以凌乱，身上衣物可能破乱，头发大多数时候都乱糟糟……但他们的田地绝对不乱——不仅庄稼不乱，围庄稼的栅栏、甚至废弃不用的树枝都会码得很整齐，平原如是，山区也如是。前两天，我去西安，当列车行至宝鸡开始爬坡的时候，乱石堆砌的山地，农人辟出巴掌大的一块地，地里种植的玉米或黄豆都是排列有序，有如士兵一般接受检阅。

除了整齐，农人还很浪漫。农人会有意栽种一些观赏植物。田头屋后，时不时会出现一簇美人蕉、凤仙花、木槿……姿态艳丽，令人目悦。我常常被这种有意栽培的美好感动。

谈到农耕生活，人们很容易将农人与辛苦劳作、面朝黄土背朝天联系在一起。其实，细细研究，会发现农人的生活整体体现出一种辛劳后的愉悦：有汗珠子摔八瓣的辛劳，但辛劳过后是坐下来喝凉茶的舒爽；有腰背酸痛的辛苦，但辛苦后是躺下了睡得酣甜的快活。体力劳动者身上少有忧郁等症候的发生，也许体内的内啡肽因为体力的最大付出而做出了最有利的分布；也许日出而作、日落而息是老祖宗赐予的最健康的生活方式……总之，他们既辛劳也愉悦。蒋勋先生也做过这方面的研究，他说：细细琢磨，会发现《插秧歌》《采茶歌》很少有痛不欲生的情感，都是轻快愉悦的。他认为这是大自然赋予农人的活力和希望，因为万物生长，农人骨子里总有希望。

我去苏州山塘，一个被完全商业化的街市，各种小清新的文艺店生意火爆，店的门口，最大的招牌往往是一串蜿蜒向上的蔷薇或绿色藤蔓植物。成都古街宽窄巷也是如此。香港寸金寸土，完全商业化，很少接触到大面积的植物。但在香港，无论多小的卧室，最洋气的装潢里，必定有盆栽植物的叶之沃若……也许，我们可以理解为这是农耕文化在都市生活里割舍不下的延续。

新绿是金

五月，是叶子的天下。

一夜雨，校园内四处新绿。枝干更黑，绿叶更亮。一条路的两旁挤满梧桐、水杉、杨柳，仰头看去，深深浅浅的绿，衬着背后烟雨迷蒙的天空，穿梭其中，好像行走在热带雨林。

没想到白玉兰的叶子那么圆润大方，远远看去像一树端庄持重的姐妹，与先前俏立枝头的花朵形成强烈的对比。但花的精魂还在这些新生妹妹身上延续吧？否则它们何以如此清丽？如此灵秀？

蜡梅的叶稍带着尖，金钟花的叶稍顺着枝头曼妙地往上爬。紫藤萝的花已经全部收尾，毛茸茸的叶便把高大的紫藤架堆满，远远看，像一座叶的山丘。最泼皮的是爬山虎，逢墙过墙，遇杆爬杆，是叶子中的女侠。女侠丰躯柔骨，巴掌大的叶身"噌噌噌"把平房铺满，于是跛脚花工的临时居所，就成了童话中的"叶屋子"。

就是这些深深浅浅的绿，晴也动人，雨也动人，走进去走出来，总被染一身。无论什么样的衣服，被绿叶衬着，都好看。帮女儿在绿叶浓厚的五月里拍照，红白条纹衣，镶嵌在这最深的绿意里，有谁能说，她无忧无虑的笑脸不是一枚最动人的绿呢？

目之所及都是绿，可永远没有发腻的感觉。在绿里跑，在绿里跳，在绿里来来回回……一趟一趟，每一趟，都是一次别样的生动。绿是最能抚慰人、最能感染人的颜色，能调节视力，能调节身心……

手头有一首美国诗人弗罗斯特的诗：

自然的新绿是金，鲜美色彩难保存。

初发叶芽即是花，仅能维持一刹那，遂而新芽长成叶。

伊甸顿然陷悲切，曙晓瞬已大白天，黄金之物不久全。

[《美景易逝》（*Nothing Gold Can Stay*）]

我捡出这两句："自然的新绿是金""初发叶芽即是花"，而"遂而新芽长成叶""伊甸顿然陷悲切"要删掉，这样说绿不公平。因为长成叶的绿，依然生机无限、令人欣喜；长成叶的绿，也属黄金之物，并且它们会维持一个仲春、一个暮春、一个整夏，可谓全之又全，久之又久。

回乡下，也是层层叠叠、远远近近的绿。油菜籽灌浆，麦子未黄，枫杨捏着细圆的叶子临溪而站，水杉持着一身新羽侍屋而立。一阵风吹来，碧绿的麦浪一波接着一波，高低起伏，有如欢唱。

蕙质兰心的女子

念书的时候，我以为蕙质兰心的女子只会绽放在书本里。

书中蕙质兰心的女子，心灵手巧、诗书满腹、还喜扑哧偷笑，逗得那"呆头鹅"瞠目结舌，不知所言、不知所行。其实，这样的女子娶回家后才会发现她真正的好：可以举案齐眉，可以红袖添香，可以亲自下厨做美味茶点，还可以替夫君续上一句绝妙佳句……

那时，我将这些蕙质兰心的女子掖在怀内，心思便满满盈盈，只觉着暗香悠悠、远远、绵绵。

工作了，我又以为蕙质兰心的女子是在城里的。

她们柳眉、杏眼、红唇，衣着时尚，腰肢挺拔；也有不化妆的，但从上到下透漏的华贵从容，似乎来源于另一种更加别致的精心。而且，她们的亮丽，不是一时兴起，而是随时操守，即使天塌下来，她们也要迈着优雅的步伐，也要拎和衣服相配的坤包。

需要怎样的精致才能拥有这份随时随处随心的优雅？所以，蕙质兰心的女子就是城市街头绰约摇曳的女子。她们的香，凭借城市的风大大方方地播过来，陶冶着从乡下蹒跚而来的我。

后来调工作了，我跟城里一个考究的女子同住。

那是个在班上很讲究、很干净、很高贵的女子，在宿舍，却让我大吃一惊：她的时装在床上一片凌乱；她的垃圾在床下横行；她的背影旖旎而去，而她的物件却在她背后的宿舍里横七竖八……

知道了这样的后台，再在办公室看到她的艳唇，我就有种腻歪的感觉，就像饱餐后的食客看见不干净的厨房。原来，看漂亮女子也要遵循"眼不见为净"的原则。

我知道，不是所有的美女都这样的，但我还是为美女伤心，还是为蕙质兰心而遗憾。

闲来无事，再次返回"蕙质兰心"这个词，就觉得蕙质兰心的女子不一定要漂亮，但一定要讲究；不一定要能干，但一定要勤劳；不一定要有文化，但一定要不贫乏。

我的目光再次返回故里，便想起我自己的母亲。她老人家整日劳作，面朝黄土，背向青天，但头发总梳得整整齐齐，哪怕四周寂静无人，哪怕田野上空无小鸟。偶然回家，我偷眼看过年逾六十的母亲照镜子，她左看右照，在小小的一面圆镜前照得很仔细，唯恐自己花白的头发有一丝凌乱。

我的农村老家没有几件像样的家具，但母亲把它们摆放得井然有序。每逢下雨有了空闲，母亲就在家搬弄它们。这样，每次回家，旧家具总给我不一样的感觉。它们仿佛长了脚一般，在母亲细心的驱赶下，一会儿靠东墙、一会儿靠西墙、一会面南、一会儿背北，显示出通常家具所不具备的活泼和俏皮。

　　我还想起我的姑姑。重男轻女思想害得她大字不识，可是，她唱过样板戏，扭过秧歌，还无师自通地会裁衣服、会做发型。

　　又想起一个地方的民俗，在家的女子，穿裤子做家务。来客人了，立即就换上裙子招待客人，哪怕来的人就是隔壁邻居，换裙子的程序也一丝不苟。忽然，就充满了无限的遐想，这样的女子，就是淹没在家务中，也都漫溢着蕙兰的自持和芬芳吧？

　　某处贫穷的深山的女人们，她们的一生只有一件待客的衣服，就是出嫁时的嫁衣。每逢有客人来，她们就穿上自己的嫁衣。岁月的磨砺中，嫁衣破了，就在破洞上用红线补一朵梅花。于是，年老的妇人，越发灰白的嫁衣上会有越多的梅花，她们聚集在一起显示着一种捉襟见肘的酸楚……写这个故事的人充满怜悯，而阅读的我，内心却充满诗意：原来，在贤惠女子的手下，贫穷也可以过得活色生香、有滋有味。想象那些开在破旧衣服上的梅花吧，哪一朵，不是一个女人质朴逸香的心？这样的生活怎么会只见酸楚呢？

所以，蕙质兰心的女子，不只在书本里，也在生活中。她们像上天细心洒落的一把种子，被风轻轻吹着，散落在城市里、乡村里、富贵里、贫穷里……散落在一切有女人的地方——然后，开出馨香的花。

院子里的太阳花

我不会养花，所以我仰慕养花的人。养花需要细致耐心，还需要骨子里的优雅。比如邻居老太太，年逾古稀却从容淡定，最主要的是，她的院落内总繁花似锦。我常常在院墙这边偷觑，看她把花盆一一搬出来，看她剪枝、浇水、搭遮阳篷……这一切雍容安静，看不见时间，只看见美。

我在这边痴了。她一抬头，撞见我痴痴的双眸，就笑，格外慈祥。她用手背揩揩额头的汗，说："小张，喜欢就搬一盆回去养……"

我赶紧摇头，我养过花，通常是这样的，上个月买回来，下个月花萎叶残，第三个月就香消玉殒。买过三次后，我就不敢再买，生怕哪一天那些香魂绕进我的噩梦，勒我的脖。

第二天，老太太真的递过一盆花来："太阳花。最好养，插枝就能活，你肯定喜欢！"我真的喜欢！细小的花朵开在瓦盆里，五颜六色的，像春姑娘遗落的手帕，又像偷降到人间的星子。

我要让星子多些再多些，于是在院落里为一盆小小的太阳花而兴师动众：找来废旧的脸盆，到屋后装上泥，掐下瓦盆里太阳花多余的枝丫，插进泥土，浇上水。

那个盛夏，我家的院落就坐拥了一大一小两盆七彩星，它们跟太阳光辉映着，飞颜走色。我依然忙，不能天天顾及它们，就把小盆送人，剩下的大盆任其自立。我的脸盆底没有漏。这样，下过雨，脸盆内就汪成一片湖，不下雨，就干成盐碱地。而太阳花不怕的，时而涉在齐腰的深水里；时而立在干旱的盐碱地，只要出太阳，就展一盆子欢天喜地的笑——真是好养！

　　立冬过后，太阳花枯萎，像一切怕冬的植物，即使再细小，也躲不过岁月之小刀。冬夜，我常常躲在温暖的玻璃窗后面寻找天上的星，一颗、两颗……星子也怕冷，也寥落成衣服上的纽扣。而我的太阳花基地，雪来覆寒、雨来汪水、干来裂土，像一块蛮荒地，再也引不起我的兴致。我想，我的唯一一次成功花事，该在年前宣布结束了。我在心里默哀，趁着举行了一场花的葬礼。

　　春天又来了，邻家的花事又繁盛起来。我不敢再造次地把脸贴在院墙上。我只在自家的院子里转，转。光秃秃的地砖，光秃秃的院墙，还有那些光秃秃的花盆……

　　走着走着，我忽然发现废弃的脸盆里，有一抹轻描淡写的绿。蹲下仔细看，原来是太阳花细小的芽儿！我激动地抚抚太阳花细微的身躯，难以想象，它们是怎样顽强地穿过严冬闯进这个春天的！我以为它们早已停息了、早已在冻土里终寝了，却不料它们只是做了一个梦，然后伸伸懒腰又迎上了灿烂春光。我真是激动，把它们搬到院子中心，又恢复了它们盛美时的处所。

后来，在院角，一个与太阳花"基地"相隔两米的地方，又发现了太阳花芽！它们立在地砖缝里，正认真地展胳膊伸腿，润圆碧绿，没有一丝卑怯……

我忽然对它们敬畏起来，像敬畏一群精灵……

冬阳

微博有句闲话:"你在南方的艳阳里露着美腿,他在北方的暖气里望雪飞,而我在不南不北的雨天里冻成鬼。""不南不北"也指我们这块儿:沿海,冬天湿冷,不供暖气,如果连日阴雨,那真是哆嗦成"鬼"。

所以,我们冬天都穿得严实,室内室外都得穿棉衣,要做事就扎紧袖口和腰围,让自己"紧箍箍地似炮仗"好干活。在乡下,用灰扒敲开冰,一汪清碧,篮子上下抖动,洗干净篮中山芋,提回家,用土灶铁锅慢慢烤熟了——剥开来,黄灿灿、热腾腾,咬一口,湿冷也就没有那么重要了。我们那儿庄户人家很少用布帘子,也不生火取暖,想御寒,一群人围坐灶间,"滋溜"两三盅酒,酒香伴着菜香,伴着锅灶的雾气,伴着谈笑的热闹……冬天就过得有意思。因为是中间地带,虽然湿冷,却也每年都能亲近南方见不到的冰雪,也有活动开来就能在室外脱了棉袄的任性,这种行为是北方不太敢有的……所以,"不南不北"其实也挺好。

况且,我们有冬阳。再重的阴霾也抵不过太阳光照射来的刹那,所以冬阳是老天赐给我们"不南不北"地区的一件贴心礼物。前两天去修鞋,鞋摊大爷挑了阳光最好的地盘安营扎寨,旁边两三个闲人坐着晒太阳，现世好得让人乐融融，想打瞌睡。

但乡下晴天才是真的好晴天。周末跑一百多公里回家看父母，恰逢晴天。母亲正在切萝卜，准备腌制萝卜干，初冬暖阳照着她矮小的身躯，年近八旬的母亲被漫漫一层光温暖包裹，令我看着很安心；父亲在旁边，也在阳光里。

我坐下来抓个白萝卜啃，和二老一道享受这乡村冬阳的宁静。外面银杏树叶落尽，枝丫在清朗通透的空气里尽情舒展，门前的小河在暖阳里一片温厚地静默，连带着一同惬意静默的还有河对岸的房屋以及河边慢慢咀嚼干草的山羊。宁静是和阳光一道来笼盖这个乡村的，温厚地笼盖，发酵着惬意舒展感恩、安宁等诸多情感。屋后的稻田开始收割，机器轰鸣着给这乡村宁静豁开一道口子，稻草温柔地匍匐在地。邻家婶在屋后忙活，和我打招呼，年过六旬的她声音还是灿如银铃，婶的声音和金黄的稻谷相撞，让我觉得它们是一体，分也分不开。归仓的颗粒正在喧哗中被倒进拖拉机装运箱，收割机头一转，又去收割另一片土地了。机器在远处轰鸣成阳光的一个沸点。

我跨进娘家屋，空气立即婉转温和起来，我四处摸摸，伴着二老的慈眉善目，心仿佛一下子进入禅定、升腾起童年才有的欢愉……乡下的晴天是真的好晴天……

坐一坐似乎又得走了，明天我们还要上班，孩子也要上学，阳光继续在外面制造漂亮的光影。母亲停下手头活计，为我准备被太阳培植得翠绿的青菜，父亲为我张罗吸足了阳光的草鸡蛋。然后，送我们上车，约下次回来的日期。

车子启动，二老站在阳光里挥手，看着他们被阳光温煦地普照，我忽然觉得很放心……冬天，最值得感恩的，是这冬阳。

古城泡馍

去西安前特地做了功课。功课之一是西安小吃"羊肉泡馍"。羊肉泡馍古称"羊羹",大文豪苏轼曾有"陇馔有熊腊,秦烹唯羊羹"的诗句。到得古城西安,沿途"骡马市""西羊市"的街名令我浮想联翩,似乎早已置身牛羊成群、骡马为市的远古情境。有远客来,如何待客?古人大手一挥:"宰牛烹羊!"哈哈,旋即锅沸肉香。

安置完住处,立即打车前往"老孙家"。当我们对司机说"去老孙家东店"的时候,司机问:"为啥不去老孙家总店呢?跟东店车费一样的!"于是,拐向总店,听说我们是江苏人,司机又摇着头叹:"你们吃不惯的,对江苏人来说羊肉泡馍口味太重了!"

果然江苏人吃不惯吗?恍忽间,我们已经到了老孙家门口,招牌上"老孙家"三个霓虹大字在街头霸气地闪烁。"老孙家"始建于清光绪年间,历史无人可复制,我们不是来吃羊肉,我们是来品悠悠百年汤。

落座完毕,服务员很快端上来两碗整馍。在路上导游讲:掰馍很有讲究,得先认真洗手三遍,去手中杂味,然后慢慢掰,掰成黄豆大小最合适。我洗过手,努力掰馍,发现想掰成黄豆大小确实不易，干馍似西安古城墙般坚韧，手指没劲道真不行，但掰馍的过程是个好过程，既有劳动的愉悦，也有期待的欢欣。

大约四十分钟，煮好的泡馍端上来，大大的一碗！把小碟里的芫荽撒进去，把辣椒酱拌进去，我的碗里立马浓墨重彩，很有大唐盛世富丽堂皇的奢华。先喝一口，汤汁浓郁，香气诱人！据说，夏天吃羊汤暖胃功能加倍，真是喜煞我等；再吃一口馍，筋而韧，粘而滑，滑而不软、韧而不硬。汤因馍不腻，馍因汤不木，馍汤共存，互彰其华，互掩其短。我们老家也有汤饼同煮的做法，只是老家的饼太松，稍不留神即煮成面糊了，而西安老馍就似西安历史，经得大火煮、小火烹，嚼一口馍就是嚼一口古城文化，这里有晨钟暮鼓也有秦风汉月……

不吃糖蒜，吃馍只能算是吃了一半。小碟里的糖蒜晶莹洁白，脆嫩淡甜，正好化解腹中之大荤。吃一口泡馍，嚼一粒糖蒜，嘴中荤腥令我们产生西安人特有的豪迈。我们拍着饱肚跨出店门，先生学舌西安话对送客服务员说："真好！咱们这泡馍真好！"

服务员脸上立即绽开一朵自豪之花！

婉约海棠

《红楼梦》里，宝玉他们首开海棠诗社是有一定道理的。春临大地，就见海棠整理着裙裾，端庄贤淑地走入春天。不捏罗帕、不执小扇，两手相扣、稳稳当当地向春光施个礼……难怪李纨见了那芸哥儿送给宝玉的白海棠要连连称道，海棠稳健大方，最配得上这大户人家的闺阁之风。

海棠有三种：贴梗海棠、垂丝海棠、西府海棠。最符合古人审美趣味的大概是贴梗海棠，色多大红，花瓣圆润丰腴、朵型内敛，贴着遒劲黝黑的枝干开放，每朵花都开得有理有节，这样的大红配上这样的妆容和礼节，实在称得上闺阁典范。但不知怎的，海棠被唐明皇误读成鬓乱钗横、醉不能起。唐明皇大概太爱杨贵妃，所以他把"醉贵妃"直接看成了"睡海棠"，他说："岂妃子醉，直海棠睡未足耳！"贴梗海棠与"醉"和"睡"应该沾不上边，硬要附会，唐明皇比拟的大概是垂丝海棠。垂丝海棠色多粉红，一根细茎挑着一朵饱满丰盈的花朵，娇羞中妥帖，我也觉得不是"乱醉"的主，只是世人爱她，总认为她是横在枝头、慵懒地睡了一觉。苏东坡怕她睡多了，不能欣赏其儿女情态，于是谨小慎微地吟道："只恐夜深花睡去，故烧高烛照红妆。"抗议这些

男人，言语中怎么总有股邪谐之味呢？贵妃爱醉，海棠不醉尔，这群春光里拉得出、打得响却不喧嚣的女孩子，从来没有乱过阵脚，实在只该敬、不该近啊。

还是回到《红楼梦》，《红楼梦》三十七回，曹雪芹这个绝对尊崇女性的男子借着女人的玲珑心，把海棠狠狠书写了一回。夜深人静，曹公意兴阑珊，窗外有没有一枝婉约相伴的海棠？大观园中，那些水做的女儿，对着海棠，各有各的才情，就如春光中，烂漫、多色、多态、多型的海棠，各有各的好、各有各的味道。她们歌咏的是一盆难得的白海棠，探春认为海棠"玉是精神难比洁"；宝钗赞"淡极始知花更艳"；而黛玉却觉出"借得梅花一缕魂"；惯常豁达活泼的湘云也不得不悲观地想到"花因喜洁难寻偶"。只有宝玉这个俗物和唐明皇一样，将海棠看成了太真和西子，他说："出浴太真冰作影，捧心西子玉为魂。"

我不比宝玉高明到哪儿去，除了将海棠比喻成端庄、俏丽、明媚的女孩儿，我实在不知该怎样形容她们的姣好。我偏爱西府海棠多一些。西府海棠花骨朵呈胭脂红，盛开时却现月光白，如此深浅跳跃，终得一树天真烂漫。

夏果

夏天是结果的季节。水果店里最先上架的是西瓜。

其实，早在春寒料峭的时候，就有碧绿的西瓜摆在台面上了，但那时的西瓜必定是翡翠其外，质木其内的。所以，我必定要等到夏天真正来了才去买西瓜。西瓜是夏天的果实，它只在夏日里甘甜。

最甜的西瓜不是买来的，是农村的亲戚从瓜田里捎来的。那样的瓜躺在竹篮里，跟着汽车颠簸了上百公里到达城市。到达我家的时候，身上还带着晨露的清新和农人手心里的亲切，以及乡下孩子眼睛里的腼腆。我总是迫不及待——洗净、端上桌、握着水果刀轻轻切下……

乡下的西瓜也总是迫不及待，刀子轻轻一碰，瓜身就自动劈里啪啦打开来。薄皮、红瓤、细而少的籽。捧一片红玉入口，肉质沙而润，莹而脆，绝不倒瓤，也不夹生，更不含注射水。乡下的瓜就像乡下的汉子，明明白白、实实在在、干干脆脆。

乡下的瓜总是让我想起乡下的地。母亲于棉花地里套种了瓜秧。于是棉地里瓜秧就匍匐于地，迤逦生长。待我放了假，我就时常钻进棉地，看着瓜秧们一天天壮实起来，确信成熟的那天才摘回家，小心翼翼的，仿佛捧一个胖娃。也有在田头垄边直接分食的时候。邻居叔叔揪起地里的熟瓜，到溪水里涤荡一下，拎上岸。大拳头对准瓜身一砸，然后，我们围着一只瓜尽享饕餮。那种快乐和豪爽，早已不能重来。

夏天的城市，也有果实。比如，校园里的青桃。它们在矮矮的桃树上探着青涩的脑袋，碧叶丛中，要细看才能发觉。经过它们的时候，我总盯着看，让城市的双眼也见证一份果实生长的喜。

还有，邻居老太太种的胡椒，矮矮瘦瘦的枝干上结着一个指甲大的胡椒的雏形。但我看了还是惊喜不已，连忙喊来女儿认识胡椒。这个时候，乡下的胡椒们一定已经肥硕碧绿，站在旷野里虎虎生威了吧？

无论城市还是乡村，夏天都是一个结果的季节，只是城市的果瘦瘪，乡下的果丰盈罢了。可是，日子好像却是相反，什么时候乡下的日子和他们的果实一样丰盈，乡下，就成为天堂了。

崂山石

老远处就看到崂山了！

一块又一块相互堆叠的、圆润的石头，我烦躁的心终于沉静下来。圆，总赋予人平和，不像尖，尖总让人紧张。

本来我是紧张的。早晨起得早、吃得迟，一路颠簸，加上汽车总是在山路上盘旋，所以，我这只待惯了平原的胃一直在抗议，眼看着就要翻江倒海。而现在，远处静立的崂山像位仙者，轻轻地提携着萎靡的我，使我有足够的力量挺直腰杆、靠近车窗，仰望它的仙风道骨⋯⋯

前几天我还狂慕的海呢？前几天我还惊羡的日式别墅呢？它们，怎么都不重要了？此时，我世俗的双眼只见证远处，远处圣人一样静谧地微笑着的崂山。

其实，我早就见过崂山了。那是在吴冠中先生的油画里。

十来幅吴先生清新沉静的油画，我的目光却是一双有所偏好的蝶，它们逗留在了那幅《崂山松石》上，并且久久不曾离开。跟随这样欢喜的目光，我的内心却是疑惑的：世上真有这样的山么？一块块圆润的石头，石头中间镶嵌着纤细迤逦的松，人工雕琢一般。是画家情感处理过的山吧？我印象中的山都是瘦骨嶙峋、尖锐峭拔的，而吴先生笔下的崂山为何却如此圆润沉静？我笑了，笑画家那颗温润、美丽、圆柔的心。

而今，真正的崂山就矗立在我面前，我忽然发现吴先生画笔表达得精确，就是那样圆润的没有尖角的山！仿佛被岁月磨圆了，又仿佛与生俱来。

导游说："崂山是道教圣地，据传丘处机、王重阳、张三丰都曾在此修炼过，有没有成仙就很难说了……"其实不用成仙，单在这圆石后面隐逸本身就充满仙机了，成仙与否又何必追究呢？

导游没有带我们去拜谒道观，只带我们在崂山脚下盘旋。我一遍又一遍地看着触手可及的椭圆山石，想象着道家的自然无为、任性逍遥。难怪世上有如此圆润的石，在道的引领下，一切事物都不会太过尖锐吧？这没有锐角的石头多像道家倡导的人生啊！于山上、于天外、于人世间，无为逍遥。

我一趟又一趟地在崂山脚下徘徊，越发觉得崂山就是位仙者。尘世里有各种纷争、各种屈辱、各种矛盾，而最终来解救的都是圆，谁是真正的赢家，谁又是真正的输者？几百年、几千年、几万年后，一切皆为虚空、一切皆为尘土。所以说崂山就是位仙者，他利用石头在人世间画了一个又一个圆，揭示着一种又一种的虚无……

站在崂山面前，悟出虚无了，也就接近逍遥了。

秋桂

搬到校园居住后，首先令人惊觉秋来的，往往是秋桂。树木还葱茏、阳光还炙热、人们还穿夏天的短袖衫，我还喜欢傍着树荫走。有那么一天，忽然被一条馥郁暗带牵绊脚步，不需眼睛，嗅嗅鼻子便知：桂花开了。

从此，每日上下班，都被这条热烈暗带来回缠绕，觉得它是橙黄的、半透明的、袅袅娜娜又亲亲密密的。可能比棉布滑一些、比丝绸厚一些、比亚麻密一些……一下子裹住行人的头、脚，裹住眼耳鼻舌身意……先前还享受油炸饼的味道呢，先前还贪婪那豆腐干的味道呢，一旦撞进这条桂花香带，嗅觉那只小兽，就把那些烟火气忘得精光。这条暗带又具水的特性，无数次被撞碎，又无数次自动愈合，那份不改的浓甜和芬芳，使我相信即使闯进千军万马，也不能影响它品性之一丝一毫。

桂树不起眼，终年绿着，冬天无精打采，春天无花点缀，只有秋天是它的盛季。秋来桂花开，你的眼睛有多想忽略它，你的鼻子就有多不允许。它的香甜似霸道女巫，只要撞上了，嗅觉和大脑都被无条件牵制。我带女儿来到桂花树前，看到叶片底端藏着一朵朵四瓣小花。

问女儿："你知道越小的花越香吗？因为它们要靠自己的力量把蜂蝶招过来。"既然上苍没有给其硕大的花朵，香甜总是可以通过自身努力得来的。

初秋时节，细小的花躲在叶梗间，是羞怯的未见过世面的女儿。中秋一过，她们即大张旗鼓起来，每一朵花都往上蓬勃，细碎的米黄，居然也轰轰烈烈地覆了一树。"桂子月中落，天香云外飘"，那些暗暗的香带，立马展成了铺天大幕，走到哪儿都是桂花香。

《红楼梦》里记有芒种前一天祭奠春花的风俗：女孩子们用"花瓣柳枝""绫锦纱罗"编成各种玩意系在树上给花践行，算是对春花的感恩和感念……其实细细想想，秋桂也担得起这份隆重。它铺天盖地的芬芳是最能浸染清纯如玉的女儿家。它重于嗅觉、轻于视觉的特质值得文人骚客歌颂。可惜"桂花留晚色，帘影淡秋光"，陪伴它的往往只是一抹秋色而已。

一次下班途中，看见有人停在路边采桂花。矮壮的妇女，仰着头，在枝叶间中找得很认真，她清秀的女儿在旁边静静等。冬至煮元宵时，她家的餐桌上一定能飘出桂花的浓甜。那时，她清秀的女儿用玲珑的鼻子嗅一嗅、用花瓣样的嘴巴尝一尝……就不枉秋桂来世间一趟。采秋桂，也算是对秋桂的隆重践行吧？

青菜

　　菜地里，青菜们一畦畦地站着，碧绿昂然，是一棵棵放歌的绿花。这是表面景象。暗地里，青菜与霜冻有过抗争。青菜的抗争，农民知道。霜降后，农人捧着墨绿的青菜告诉城里人："霜打过的青菜，鲜甜！好吃！""鲜甜"是农人对青菜品格的最高赞赏，"好吃"表达了农人对青菜最真的喜爱。青菜的抗争，唇齿也知道，霜冻过的青菜，煮了送进嘴，唇齿立即能感受到一种清甜，那种清甜婉约而又分明，这是青菜跟风霜抗争过后迸发出的优良品质，所以霜打过的青菜才是好青菜。霜前的青菜和霜后的青菜待遇也是有差别的，菜场里的摊主知道这种差别："霜降前，青菜一兜一兜地进货，霜降后，青菜必须大包大包地囤！"霜降前的青菜只是餐桌上的绿色点缀，人们只图那抹绿色；而霜降后的青菜是人们餐桌上的主打品。"抗过冻的青菜，是真正好吃的青菜……"所以，生命的挣扎说到底都是一种美丽，所有的困难都是一个隐藏的祝福，祝福你变得更好……不相信的人，不妨尝一尝霜冻过的青菜。

　　妈妈种了一辈子的青菜，年事愈高愈发爱青菜。她在家前屋后都栽上青菜，使我踏上故土就能目睹一地生机勃勃。青菜活得纯粹，它只专注于绿，那种绿很彻底，既不透明也不呆板；那种绿很

亲和，长在土里是旺盛、装在筐里是清新、提在袋是文艺、盛在盘中是晶莹……冬天，青菜绿得更加执着，执着里还带着一股子泼辣，真是比橱柜里的翡翠都绿三分！

　　妈妈告诉我，她还是爱吃青菜，炒了吃、煮了吃、拌了吃、腌了吃，越吃越觉得青菜最合口。我遗传妈妈的饮食习惯，冬天餐桌上，没有肉可以，没有青菜，会觉得餐盘可憎。再说离开青菜，那白莹莹的米饭多么孤单！大米和青菜是最搭的，白莹莹米饭上点缀四五根青菜的画面，醒目！胃口差了，炒一碟青菜，清爽爽的，绿汪汪的，醒胃！吃着青菜，再配上"布衣暖，菜根香，诗书滋味长"的吟咏，醒人品！

　　每次回乡，我都带许多青菜回城，到城里再转赠给邻里，邻舍们接了都很欢喜。没有比青菜更容易让人安然接受的礼物了。青菜们清清白白、稳稳妥妥的，送的时候我只需说："只是一捧青菜啊！"而接的人却由衷地赞："真是一捧好青菜！"

树韵

我很喜欢香樟树。香樟树枝叶细腻稠密，新叶子带点淡淡的红，置身其下，密不透光，是一支燃烧生长的火炬，也是一柄天然伞。远观，红绿相间，密密蓬蓬，若是几棵大香樟长在一起，就更可观了。但见重重叠叠、遮遮掩掩，大篷盖小篷、一浪叠一浪，令人想到南方草木葱茏、连绵不绝的远山，若飞身进去，便不愿再出来。

杨柳也好！特别是在春风如剪之际，一树丝丝缕缕的金绿，远观似青烟，近观是帘栊。《红楼梦》里所谈论的"软烟罗"大概也就是如此效果。宝钗以杨柳写小令："白玉堂前春解舞，东风卷得均匀……万缕千丝终不改，任他随聚随分。"清新活泼可喜，描尽杨柳的匀净、柔美、多情、本分。如果在河边遇见一排杨柳，就更悦心。到处娉娉婷婷、柔枝探水，是来洗面？来掬水？来观鱼？来自照？……

白杨树高高直直的，除了茅盾先生在黄土高原对其礼赞外，国人仿佛都不大喜。古人就说过："白杨多悲风，萧萧愁煞人。"周作人也说过，白杨无风而抖，据说是因为"那耶稣钉死在白杨木的十字架上，所以这树便永远颤抖着"。但暮春回乡，白杨是另一番风采。乡下到处浓墨重彩，油菜花似风翻火焰般烧得热烈，麦子也如绿绡衣般被阳光照得抢眼，只有远处一排树，毛茸茸的枝条刚迸新芽，既不复杂亦不单调，像丹青高手偏拾了寻常铅笔淡淡涂鸦而成。在万物大张旗鼓地争宠的春天，白杨显得特别淡雅、古朴、可爱。

回城路上，看见好多坟头栽有榆树，觉得赏心。本不喜欢松，因为总觉得青松只顾自己耿直，早忘了大树该有的容纳。乡下墓场集中，榆树便一棵棵、一排排、一队队，枝叶伸展，生气蓬勃。榆树叶子近看似余钱，远观就与钱无关了，只是模糊的绿的火焰。榆树的树形也很完美，圆弧形，茂密严实，一看就知是鸟的天堂。再看下面的小土丘，忽然觉得安慰：长眠于斯树，做鬼也风流吧？后人知道为逝者栽一棵树伴眠，也不枉逝者养育了他们一场了。

在夏天，梧桐是不引人注目的。太阳炙热如火，人们从来都是低着头急急往空调间走……直至有一天被空调吹得凉飕飕、不舒展，打开窗，只听得"沙沙沙沙"，疑是落雨，抬头看天：哪是雨，是空中的梧桐叶被微风吹着，发出好听的声音！它们宽阔的碧绿的叶子，相互叠加，相互偎依，正如绿云一样笼罩在屋顶。

从此，对单位的梧桐注意起来。踏进单位，就踏进了梧桐大道。梧桐枝叶在空中纵横交错，搭成架、形成荫。原来，我们每天都走在浓绿的盛情里……收了伞，摘了凉帽。地上的阴影，全是梧桐叶，阳光星星点点，失去了威力。

当秋风缓缓吹过，梧桐树一天天通透了，仿佛丰腴女郎经过了一些风霜，一下子变得清癯冷静。这份冷静多么简约，多么疏朗，多么剔透！蓝天下，片片绿叶泛了黄；阳光一照，通体发亮，似美玉迎风展；偶尔，唰、唰，飘下一两片。

秋越来越深，梧桐叶蜷缩成老妇人的形状。略卷着，紧贴树干，银白色，像俄罗斯银器，发出冷冷的、高贵的光芒。夜幕展开，靛青的天空映着梧桐树幽暗的影，枝干槎枒……如此秋景，是水彩画里最朴实、最深沉的着色。

一夜北风紧，梧桐叶终于全部落尽。冬来了。梧桐的枝干在高空展示着遒劲、豪爽、利落，如果来一场雪，那么再从梧桐道走过，迎接你的将是琼楼玉宇。

这时候我们不盼也知道，春就要来了。春来，梧桐又是另一番胜景。

糌粑和牛粪

去川西，汽车在山路几个盘旋，就来到了草原深处。眼前出现几座散在的帐篷。孩子们立即欢呼起来，因为我们已经到藏民家了。

天上飘起蒙蒙细雨，远山在雨雾中绵延不绝，牛马群芝麻般地散落各个坡地。

帐篷的主人早已在门口等候。他们用铁丝围出家的区域，很细心地开着小门迎候客人。

这是新成立的小家，主人夫妇刚结婚几个月，都穿着藏袍，男的戴着礼帽，女的戴着隆重的项饰，脸上的笑容带有新婚的幸福和憧憬。有孩子需要如厕，他们指指广阔的草原，孩子们笑起来。沿路走来，即使建造考究的小镇楼房，也鲜有厕所。也许，藏族是个天人合一的民族，在他们眼里，人来自自然就不该羞赧于自然。我带几个学生，撑了几柄伞，选定一块宝地，算是为"到此一游"留下了印记。

进帐篷，地上间隔着几条地毯。地毯的间隔处是天然长就的草，已经被人为地踩成了枯黄。我们席地而坐。主人给我们烧奶茶，泡糌粑。

汉族孩子兴奋打闹，来瞅热闹的藏家孩子羞涩安静，她们着装

现代化，发现有人给她们拍照，立即躲避，表情好腼腆！

随行的藏族司机，用不熟练的汉语跟我们交流糌粑的吃法。我们不明白糌粑里那个叫"奶子"的东西。他告诉我们放了奶子才好吃，而关于奶子的由来，他指向了灶旁边的一个机器，大意就是从那里压榨出来的。事后我查资料得知："奶子"藏名"曲拉"，是从牛奶中提取出酥油时的剩渣。曲拉嚼在嘴里干、硬，大概扛饿，所以造就了糌粑里放曲拉的传统。糌粑的主原料是青稞面。藏族人种青稞麦有种偏执的洁净观，牛羊的粪便拒绝施用，更不谈什么农药化肥。司机演示给我们看他们藏族人如何吃糌粑。糌粑粉倒碗里，浇上些水，兑上"奶子"。用手在碗里捏、挤、压，最后捏成一个团，然后撕下一块一块往嘴里扔。这样吃更有嚼劲，所以他们爱这样，而我和学生们都泡成了半流质，撒上白糖，倒也香甜。

吃完糌粑，帐篷入口处堆了一堆干脆饼样的东西，吸引了我们注意：一片一片很整齐，码得有一人高。薄薄的，散发一股清香，上面随意地放着帽子口罩。我们问这是什么？藏人示范给我们，抓起几片扔进了灶膛，原来是烧火用的。再问，是牛粪！我惊呆了，从小在农村，印象中牛粪厚厚的、圆圆的，像顶圆棉帽，散发浓厚的异味，看到就绕道，跟眼前这一堆堆薄饼怎么也联系不到一块。但这确实是牛粪。牛粪烧火，无烟，火焰细腻、平稳、温和，所以适合在帐篷里用。想想老天真是精巧，没有树木的草原，就安排生活的人们烧牛粪！每个藏包前不远处都会有造型很圆溜的土堆，上面盖着塑料，司机告诉我这就是收集的牛粪。很可惜语言不通，否则真该详细问问牛粪的收集过程。

我在帐篷里举着干牛粪做吃的样子拍了张照片，放朋友圈给人猜我要吃什么。大家纷纷猜测牛肉干、糌粑饼，哈哈！公布答案后，也有人抗议我的动作迷惑了大家。其实那一刻，我举着脆脆牛粪，真恍惚觉得能入口。

冷锅饼

我们那儿过中秋要吃冷锅饼。

做冷锅饼是个慢功细致活儿，需要有十二分的耐心和毅力，还需要发面。这样算来，中秋节前一天就得忙碌了，把干面和上水，添上酵子，再捂上棉被，然后细细地等，第二天半盆涨成满盆了，再拿出来。

大铁锅锅底烧火，锅内抹油，将涨好的发面倒进去。想一想：整整一盆面在一口锅里烤熟，需要怎样的功力？火大了，外焦内生；火小了，外不熟内里也不熟。铁锅必须介于热与不热之间，这样，锅塘内的火不能旺又不能灭，添火的时间间隔不仅凭技巧，还凭悟性。

那时候我小，根本不屑于参与这些。只记得祖母总坐在灶间，间或添把火，间或又跑到锅上……

我只管看男人们的热闹。月上柳梢了，男人们便在院子里摆上祭台，祭台上有蜡烛香炉，还有乡人收获的菱角花生，更不能少女人亲手做的冷锅饼。冷锅饼整个地摆在祭台中央，像两只紧紧扣在一起的锅，中间凸起边缘薄，表面橙黄橙黄，上面一粒粒芝麻像天上的繁星。如果我抱，需要满满的一怀。这是每家每户最圆满的月，不逊于天上的月仙子。在八月中秋时节，让天上人间的两个满月撞个怀，真令人兴奋呐！

祭过月仙子，我们就开始享用冷锅饼了。从中间切开，切开，再切开。切成薄薄的三角形，外面酥脆，油香、面香、芝麻香混在一起；里面松软，又甜又糯，还有熟面特有的柔韧……这样的饼就不仅仅是饼了，还掺杂了乡下女人的细腻情感和蓬勃灵性。

女人很为自己有一锅好冷锅饼而自豪，于是便互相赠送着品尝品尝。好的，大家一致夸赞。不好的，自己赧颜，别人也替她找原因。也有女人喜欢提当年勇，说："你可记得我去年做的冷锅饼，不焦不生的，不知被多少人夸！"

而城里的我们似乎不比这些。我们喜欢比一桌饭菜花多少银子；喜欢比谁的口红更漂亮；喜欢比哪个的绣眉更自然……都是钱能买到的东西，所以愈比愈显示不出金贵。

也有钱买不到的，比如说冷锅饼。那天中秋上街逛，想买个冷锅饼品一品。结果转遍小吃街无处觅，最后只能买幌子为"冷锅饼"的饼。那种饼汤碗口大，一寸厚，表面无痂皮。回家切开尝，内里有一点形仿，却无神似。因为这是用烘烤机快速成型的东西，缺少乡下女人掌心的灵巧，所以怎么也吃不出滋味来。

都怪我自小只顾贪吃贪玩，不晓得学一点点乡下女人细腻温柔的手艺……

其实，这是个急功近利的时代，即使我会做冷锅饼，估计现在的我也懒得去对一个饼动用几天的劳力和心思，也只配在城市的"冷锅饼"前惆怅复惆怅。

遍地植物

一　睡莲的姿势

乡下的爷爷酷爱花草。他不识字，说不出子丑寅卯，但他侍弄的花草葱郁、康健、娇艳。家前、屋后、茅棚，走在爷爷身边，猛不丁会被一朵娇艳的容颜闯入视野，细看，花儿们格楞楞朝爷爷媚着，令我怀疑这是不是在乡下，身边走的是不是一个耄耋之年的老头？

我问爷爷，你养的百合花何以这样白？桂花何以这样香？虞美人何以那样美？爷爷说，你用心待它们，它们就用心待你，和人一样。

后来，爷爷在给花儿们松土施肥的时候突然倒下，再也没有醒来……

举家哀恸，最受不了的是奶奶，近七十年的婚龄，身边人撒手就走，她是怎么也不能承受的。先是整日哭泣，尔后精神错乱，不分昼夜神神道道的，仿佛进入了另一个世界。年轻的我们讲一堂课都嫌累，而奶奶整日整夜地胡说，我的心不知该多痛！

家人忙成一团，我踱出屋外。那些草本花因疏于管理，已似奶奶的神智一样蔓生疯长，只有那些木本默默无言，挺立着、冷漠着，一副无动于衷的样子。

院子深处，爷爷奶奶久居的屋子还在。那些爷爷长期掌握的锄、锹还在，只是锈迹斑斑，不似爷爷生前那般光亮，是一群失怙的孩子……而水缸里，一朵睡莲却开了。柔红的花瓣，一片一片轻柔地张开，露出中间金黄的蕊，是一群人托举一颗心的姿势。不洁的疏于清理的水面，就这样被托举着一颗心，好美好艳，让我好想好想流泪……

原来，草有草的心思，花有花的语言，当我们在哭诉、追忆、悼念的时候，一朵睡莲正以睡莲的姿势在默默怀念……

有时候，真辨不清，是我们的方式更真实？还是花的怀念更持久？

二　玉米的质朴

单看这个"玉"字，就知道玉米有怎样的品质！可是，玉米藏在包衣内，立在田垄间，头顶胡须，外貌朴素，姿势内敛，只有经过农人怜惜的手，玉米才黄澄澄地闪耀于眼前：籽粒饱满润泽，身形修长恬静。收获的玉米，美得惊世骇俗。

常常想，世上最宝贵的玉，应该是玉米的玉。它们成千上万、满地满垄，不知令多少生命生生不息。我们曾以玉米为主粮，我们的猪以玉米芯填腹，我们的牛羊以玉米秸秆为美味……

玉米富含多种维生素。这个物质丰富的年代，人们越来越发现玉米的金贵，玉米被命名为黄金食品。于是，人们放下精米细粮，开始钟情于玉米：玉米棒子、玉米糁儿、玉米饼、玉米油……玉米走进了超市，走进了商场，走进城镇人家的冰箱，还走进肯德基的殿堂。

去张家界，也看到田地里的玉米，它们一排排、一圈圈、一匝匝，散布在山坳、山底、山腰甚至山顶。一间山屋，几片玉米，这是山区最常见的景致。再不富裕的人家，屋旁都有一片玉米地，于是就知道他们日子深处的宁静安详。

在黄龙洞门口，一排排卖玉米的人。山里人黑瘦，金黄的玉米捧在他们手里愈显鲜亮。导游说这一带以前很穷。山里人，终年不出山，就靠一片玉米地过日子。现在开发了旅游景点，人们靠旅游收入，日子一天天好过起来。然而，带给山里人好日子的，不是黄龙洞中投保一亿元的"定海神针"，也不是那些酷似龙族的龙岩龙石，而是这粗细合适、如金似玉的玉米棒子。山里人用普通话吆喝：玉米玉米啊，香香的玉米！上前买一根，主人收了钱，在把玉米棒子放在炉火上细细烤，烤热了才递给你，一脸欢天喜地的笑。

一路卖玉米棒的人，一路吃玉米棒的人。

我的嘴里，因玉米而香气缠绕。这次岩洞行，留给我深刻印象的不是奇岩怪石，而是这山里人纯良的微笑，以及他们干瘦手中赖以生存的黄玉米。

三 素炒的生活

一入口就知，豌苗头的香即是春天的香，鲜嫩、脆美。再细细嚼，春事便在唇齿间浩荡——青涩、淡雅、旖旎，是春草在味蕾上周正妍丽的呈现。

以前不知道豌苗头可以吃。在乡下，只看到一枝豌豆苗上抽出无数头，柔弱曼妙却极坚韧。拔节，再抽头，直至开出伶俐细巧的花，结出豌豆。那能结出无数豌豆的枝叶，乡下人也不舍得吃。

来城里，在菜市看到大堆拥挤的豌苗头，才知道豌苗头是可以单独吃的。菜市卖的，也不是最尖嫩的部分，回来需要重新择，把下面相对老的枝叶掐去，只留顶上一两节。这样打理好的豌苗头似一朵绿花，有款有型，炒出来也有味。

洗了，放锅里爆炒，只佐以油盐，味精也不必，三下两下就可以起锅。用白瓷盘盛了端上桌，但见白盘绿玉，食欲再差也被逗引上来了。

慢慢品，豌苗的香不似韭菜香那样蚀骨；也不似大蒜，香出嘴唇即变异味——食完若不刷牙漱口，会直扑对面人的脸；更不似药芹、茼蒿香里蕴苦了。一盘清炒豌苗头，缓缓吃下，清香始终只在头部盘桓，是早春的催人向上的习气。

也可以用豌苗头、豌豆头烧汤。姜油一并炸过，放盐放水，水沸后下豌豆头，还可以顺势打两个鸡蛋。汤出锅，碧绿橙黄，先是视觉盛馔，汤则是碗里清江，喝几口下肚，清雅淡定，人亦来得从容。

常在饭店吃豌苗头红烧肉。这道菜，豌苗头、豌豆头是陪衬，相当于配花之绿叶，菜名也只叫红烧肉。一盘端上，堆积的肉块肥瘦相间，光色润泽，可是，只尝一块就腻了，似滚滚红尘中这些宴席、派对、酒会，而下面静卧的不声不响的油绿豌苗头却是城郊边的生活，虽则难免沾染了一些肥腻，终不呛口，终是清纯的自然气占了上风。也可以拨开红烧肉直奔豌苗头、豌豆头，像生活中有人只乐意居简家、喝素粥，过平淡日子。

如果真的喜欢平淡，如果不得不去饭店会那位老友，不得不与客户觥交错，那么，建议你可以来一盘素炒豌苗头。这样的两全，于人于己、于生活、于内心都很融美。

四　山里的植物

从高速公路往远看，山居人家白墙黛瓦，背倚青山面向阳，周遭流青滴翠。这样，山居人家就成了上苍抖落的珠子，分布在峰峦叠翠间，晶莹洁净。

山居人家的路都不好走，文明却早已到达，每户人家的房顶都有卫星接收器、门前晾晒的衣服样式已与城市没多大区别了。

我们在车上匆匆地赶，山居人家在日子里闲闲地过。正是雨后初晴，有人在池塘边垂钓，有牛在吃草，有幼童在田埂上玩乐，还有人穿着西装，倚在自家的门框上嗑瓜子……日子在这里缓慢着，停顿着，一切似乎要睡着一般。

然而，山区的植物是醒着的，它们都在油油地、疯疯地、痴痴地长，铺天盖地，漫山遍野。多奇怪啊，人是睡着的，山是醒的。此时的人多像被山拥着的婴孩，有一种懵懂的幸福。

我在车上看醒着的山区植物，看它们拔节、抽穗、熙攘，看山区的庄稼拥有另一种养在深闺的活泼神情。

车至半山腰，就看见山底一大片平地，就看到平地里种着的胖荷和细稻。稻在外围，一圈一圈地往山坡上长，阵势有点像古罗马角斗场的观众席，不过稻们看的不是血腥，是歌舞。下面果然有歌舞！原来是那群荷，摇摆着翠绿的裙裾，头顶着粉色的花，顾盼生辉，摇曳溢情。一阵微风来，稻们就互相耳语般地评论起来。荷们在涧底就收起裙裾，涨红了脸。也有荷不愿意跳舞，忽地提着裙裾走入稻田，只一行，娉娉婷婷地，在一群尖牙利齿的稻苗里行走，引来一山的惊艳。还有荷不跳舞、不行走，只是喜欢藏。她们藏在芦苇丛中。高个子的芦苇也确实想藏娇一回，可惜太纤细，挡住了荷的神色，却挡不住荷们翠绿的裙衣，于是，咯咯的笑声从田地中央传上来……看着这份俏皮、这份喧嚣，我忽然有种纵身飞入的冲动——这才是热闹，这才是繁华，这才是生命的本真啊！我怎能不激动、不雀跃、不想飞身加入呢？

可是车在行，我还得走……

于是就来到了山底，就结识了山区的水。

山区的人最恬静，山区的植物活泼，山区的水鲁莽。一到山底就撞上了这些鲁莽。水们从悬崖上跳下来，从缓坡上奔下来，大的轰隆隆，小的叮咚咚，是一群年轻人，强悍灵巧，青春逼人，精力旺盛。追至宽阔河床，就相互打着漩涡。哗啦啦，哗啦啦，这是水们永恒的节奏。在这样的节奏里，我们的心也快乐地融入了这场盛大的圆舞曲。忍不住到水里洗一把，沁凉沁凉，凉到骨子里，凉得你不想惊叹都不行。

在水的呼唤下，水边的山居人家就醒了。一丛芭蕉，两棵桃树，水边人家掩映在这样的绿叶里，像一只水灵灵的眼，朝你静静地看，大而深邃，清澈而无暇……静谧和喧嚣，停顿和成长，山居人家，就这样矛盾地统一着。

我在船上，山居人家在水边。我来，身染尘埃；我走，心似明台。愿大山里的植物永远这么热闹并沉静，永远不被我们这些外来者惊扰。

花蛤

沿海一带，花蛤不算什么稀罕物。

到海滨城市宁波游玩，随便挑了个饭店坐下，瘦削的老板迎上来递上菜单，菜单意料之中地列有一款"清炒花蛤"。当清炒花蛤端上桌面，你就知道这道六元小菜的不平常。盘中花蛤如蝴蝶，配上姜丝、红绿椒，外观令人赏心悦目。筷子尖点过去，功夫好的，可以直接夹出花蛤肉；功夫不好的，连壳带肉夹过来，挑出花蛤肉入嘴——然后蛤肉进嘴巴靠上味蕾……鲜哉！美哉！有一个形容美味的说法叫"打嘴也不松口"，而花蛤的美味该形容成"打手也不松筷子"。

我很喜欢在江浙沪一带吃饭，这里的人精细，针鼻大的店也会收拾得干干净净、清清爽爽。夏有冷气、冬有暖气，空中没有飞行物、地上不见废纸包装袋，桌上醋油酱一应俱全且模样周正。这样洁净的秩序感，就算你只点一份蛋炒饭，盘子也会大小有致、盘中食物会糯甜香软，赠送的汤也是咸淡适宜……在宁波这家小店吃海鲜，这些好全在餐饮过程中按部就班地体现出来，有点像张艺谋的电影，每个细节都在表达。

再论宁波的这盘花蛤，瞬间就被我们仨吃干净，桌上一堆花蛤壳，用剩下的汤泡饭，这顿饕餮，赛神仙。

去日照泡海澡顺便吃海鲜，当然要点清炒花蛤。在日照一家小店吃到的花蛤同样无比新鲜，可惜老板没有给花蛤好好地"吐沙"，鲜美的蛤肉嚼起来冷不丁会碰到细沙。日照老板高、壮、一脸笑容，他站在自家饭店门口，朝来往车辆打手势邀请对方下车尝海鲜。隔一会儿，还要来询问我们："吃着可好？"五大三粗的男人如此三番五次，这份细心周到，使我们羞于责备其花蛤偶尔碜牙。也许在他们心里，这点细沙相对于大口咀嚼美味真的不算什么。

我所在的城市离海不远，也有花蛤，但想要吃出宁波小店的风味，要靠撞大运。究其原因，是我们这边吃花蛤的人不多，花蛤周转慢，新鲜度就打折扣。其实有时候也可以自己烹饪。有一次在菜场遇到花蛤，老板娘热情召唤，边帮我挑吐出长长舌头的花蛤，边细心讲解烹饪要点。然后我拎了一小袋花蛤回家，另附一袋海水，记住，海水是关键。回家，把花蛤放到海水里，让它们尽情吐沙（至少半天）。然后洗了，备上姜末和葱花，喜欢辣椒的还可以剁点朝天椒。大火，油热后放姜末、葱末、尖椒炸出香味，再放入花蛤翻炒，花蛤悉数张开即关火。整个过程极其简单，不放盐是要点，翻炒时间短是关键。装盘，果然不碜牙、鲜美无比，泡饭吃赛过活神仙，宁波的海味又吃了回来。

茌梨

茌梨名字很动听，样子却不大讨人喜。大个头，绿皮上布褐色的斑点，质朴又有点粗俗。可是削一块递嘴里，打嘴都不松口。那个爽脆甘甜多汁，不是一般梨赶得上的。所谓金玉其内、所谓秀内慧中、所谓腹有诗书……都是来譬喻这茌梨的吧？即把茌梨另眼相待了，原来茌梨是农人精心抚育出的滋味珍宝呀。

吃过无数梨，什么苹果梨、黄金梨、雪花梨……大多小巧玲珑，包裹仔细，盒子里面是格子，格子里面有水果防撞网，下面才是娇小姐一样的梨身，身上还不明就里地涂着白粉。小心翼翼地拿到手，削开皮品尝，太甜太软，真比不上茌梨的爽脆！

细品茌梨，并不是全甜，而是甜中带酸，全甜的东西令人饱厌，而甜中带酸，则令口舌生津了。茌梨的酸，是隐隐的酸，藏在甜后，若有若无，和茌梨的隐酸比，橘子酸得太嚣张，话梅酸得太苛刻，酸菜酸得令人发笑，山楂酸得过于凌厉……只有茌梨酸得恰到好处，和甜杂糅在一起，甚至化身为甜，有种自敛自重的好。

所谓"时令水果"四个字，我也从茌梨身上深刻体会到的。现在的人手段高明，颠倒乾坤，混淆季节。市场上的橘子、苹果、香蕉甚至西瓜都可以四季不下架，而我们的茌梨出自农人之手，没有高科技参与，春风一来开花，夏天一到结果，中秋月满之前，呼啦啦全上市了。带着泥土的芬芳、披着乡野的晨露，被农人用大箩大筐装着进城，于菜市场的角落或某个巷子的路口崭露头角。一块五一斤。深得苤梨趣味的人听到叫喊，立马迎将过来。掸掸灰，拍拍尘，夸几句，评价几声，其热情爽快如接乡下亲戚。中秋一过，苤梨即销声匿迹，眼看着框子里的苤梨变瘦变小了，瑟瑟地倚在某捆韭菜脚旁或冬瓜的粗肩膀侧。农人拨弄着，有点遗憾：没了，没了，这是尾期。而我牵小苤梨的手回家，像牵一个告别。我知道，削开皮，即使再瘦小，苤梨依然甘甜。

小巷

那天，去某个机构办事，心急，于是打听有没有近路。当地人说：从公路旁拐进去，拐几拐就可以到达。

依言拐进去，却进了一条小巷，两边墙壁往上伸展，小巷呈现出一个狭窄的怀抱往前延伸。顺着小巷往左拐，往右拐，行走忽然有了种摇摆的情志，刚刚还焦灼的心，渐次安定下来。有两三人擦肩，都不那么匆忙；还有一些敞着的门洞，门洞里晾晒的衣物在春光里悠然微荡。

边行边体悟出小巷的好：曲折蜿蜒、宁静悠远，不能一眼望穿前路，便总有曲径通幽处的臆想。

果然通幽，某个地方开阔些，就有人在墙根种下一丛菜花，菜根下，还有一畦碧绿的韭菜……老墙下，这样蓬勃的春色，真令人心生欢喜。

小巷性情隐秘，它把生活在其中的人们揣在怀里，呈现一种日子里的清淡悠远。所以小巷里，既不会寂寞，但也不会喧闹，一切都刚刚好。拐过了韭菜地，小巷又窄成一米五宽，继续弯弯曲曲，继续赋予行人一种行走的乐趣。

走着，走着，我居然就出了小巷，来到我要找的单位。大路直通，小巷曲达。人生在世，直来直去固然痛快，但曲意抵达岂不更富诗意？诗意是什么？诗意是对心灵的放松和按摩。一个过程有了诗意，就如同给生命安装了慢镜头，产生滴滴香浓的质感。

朋友圈里正好有闺蜜晒她周末对一条老巷的走访。图片里，老式青砖配以一位头发皆白的九旬老妪，让人对青砖缝隙间的故事和老妪白发里的光阴浮想联翩。在光阴的深沉和厚重里，我们可以静一会儿，然后费一番思量。

还记得这座小城以前处处都是小巷。那时我刚上班，住在一条老巷子里。小巷宽度不够，却纵横交错、四通八达。有时明明往东走，走着走着却被拐了弯，已经面朝西了；明明想上百货商场，不想一抬头却到了巷里小学；明明很近的路，却被我绕来绕去多走了三五里。这是小巷跟年轻人开的玩笑和警告：前途扑朔，且行且珍重啊！

现在，小城的小巷基本被拆除，一律换成直通通的大道，道上车来车往，梧桐遮蔽——不能说不气派，但到底少了一些意味……在商品流通中，一些物品想显出档次，常常会被故意做旧，而当我们真正陷于旧物，又常常产生急于摆脱的急迫——人到底要什么？也许终其一生都难以搞清楚。

我现在写了小巷，我在心里默默为小城添上了一层意味。

窗外

很久之前，我看到一网友在天涯发帖说："大家都来晒晒窗外吧！"于是，许多人用手机拍了自己的窗外。

绝大多数是林立的高楼，高楼下都有一小块地，那地皱巴巴的，仿佛巨人扔下的一块灰抹布。只看照片，这样的窗外也令人窒息，心凝郁、头发麻、身发紧。也有人掌握拍摄技巧，把取景框往上抬一点，照片里就楼一半、蓝天一半。

蓝天难得！首先拍摄者对面的楼不能太高，其次拍摄当天空气要好，两相结合，镜头里的窗外才会出现这种晴朗朗、蓝莹莹的天，观者都觉舒爽，大家纷纷点赞。还有人窗外开阔些，有垂柳，有草地，有甬道，尽管人工雕琢，但在城市，拥有这样的窗外视野是不得了的事，大家纷纷表示羡慕。

好像没有窗外是青山的照片跟帖？那种绿色扑面、氧离子汹涌滚来的窗外，那种层峦叠嶂、青山扶着青山的窗外。我深信，中国某个角落肯定有如此绿意盎然的窗，肯定有受自然之惠的窗内人，只不过他们都与青山两不厌，无暇顾及网上这个晒窗外的帖罢了。

旧时有很多这样的窗。郁达夫在《江南的冬景》里写过："河

流边三五家人家会聚在一道的一个小村子里，门对长桥，窗临远阜，这中间又多是树枝杈桠的杂木树林……"门对长桥，窗临远阜，这样的长焦远景才配得上一面称之为"窗"的什物。同样，琼瑶首部小说《窗外》，开篇不多久，就设计男主人公"倚窗而立，静静地望着窗外的白云青天……"一部浓烈的言情故事在画般静谧的窗边展开了。如果安排故事发生在林立的高楼，临着某扇窗，只有架空的恐惧和无望吧？所以，旧时的窗看似禁锢，其实是另一种形式的充满希望的门，因为窗外有植物、有小鸟、有真切可触的热烈呼唤……

"城里奥秘无限，聪明人无限，各种机构都很厉害，可是从高空往下看，只是一小片拥挤的砖泥垒叠，而最广大最好看的还是乡野，是山川，沙漠，大海。"作家张炜发出这种感叹，大概缘于他正面临一扇属于城市的逼仄的窗……

乡村，依然有好的窗外。老家，无论多朴素的窗，都会有自然胜景镶嵌。春天是一望无垠的柔嫩庄稼，夏天是婆娑生姿的丰腴绿叶，秋天是各种金黄，冬天呢？冬天，叶尽的树枝在窗上一撇一捺地展示，成就一种丰盛的清癯。

第三章

经历的暖

我常常被普通人温暖到。

温暖到我，

不是因为他们对我好，

而是因为他们对自己好。

对自己好就是：

自尊、自爱、自立、自足，同时，善待周围人。

种善得喜

善，可以种植，亦可以收获。自种自收的善果，总是格外甜润饱满。

常常觉得，一个人，聪明不聪明并不重要，有没有福气才重要。收善的过程其实就是一个得福的过程。

比如买鱼。那天买鱼的人特别多，我给摊主十元钱，摊主却找回十二元，赶紧退还多找的十元。女摊主感激地笑，然后继续埋头忙。

这件事很快就被淡忘了。一次在某面条店吃鱼汤面时，进来的一位男子却一个劲地朝我点头微笑。想了许久才想起，他是那家鱼店的男主人。有人冲你微笑是一种多么温暖的福气，而这福气，是因我的不贪不占得来的。仅仅不占，就收获一份友善，这样的行为，是不是太值？

那次买菜。卖菜大娘的摊位设在菜场门口，图方便我就在她的摊位买丝瓜。结果发现，她的菜比菜场内便宜很多。买完丝瓜，大娘问："要刨吗？"我想刨丝瓜又不是多费劲的事，就不麻烦老人家了。大娘高兴，忙拿塑料袋给我装，我展开手中的编织袋，说："塑料袋也不必了。"知道她从农村来，农村人一个塑料袋都很宝贝的。大娘更高兴："哎呀姑娘，你又省我一个袋子了！"接着，大娘手指旁边框内的葡萄："姑娘！买点葡萄吧，这是我自家长的，味口好着呢！多少人都寻着找着买我的葡萄……"既然这样，就买两斤。

回家吃葡萄，果然好吃，又新鲜又甜润，无论碧绿的还是亮紫的都饱满多水。一家人围坐着边吃边夸，其乐融融，福气在每个人脸上荡漾，其光灼灼，令我心喜。

我的孩子上一年级了，我带她报到。班主任是个中年妇女，黑板上写着她的名字：卞思清。回家告诉孩子爸班主任的姓名。孩子爸一拍脑袋："这个名字熟，好像是我以前的一个学生家长……"打电话联系，还真是的。她的儿子曾在我家老师班里三年，是个聪明而调皮的家伙。

在周遭学童家长的"宣传"下，教师节我也想向卞老师表个心意。可是，卞老师怎么也不肯收，她说："当初我儿子在你家老师班里，我送过？你是不是不让我做像你家老师那样好的老师？况且，你再打听打听就知道我这人的处事原则了……"我无奈收回。后来从旁人口中得知，卞老师是个非常有爱心、非常有经验、非常正直的老师，女儿回来也说卞老师幽默有趣！老天眷顾，让我的女儿遇到卞老师，真是我家的福气！

遇到这样好的老师，与我们自家的老师立志要做好老师，也许关系并不太直接，但肯定有，绕了很久，我家老师想做的，让他女儿遇到了。福气就是这样，你慢慢修、慢慢种，也许某一天猛然被一片幸福花簇拥，让你感动无措。

其实，种善得到的最大善果，是种善过程中内心升起的慈悲、安然、开阔。你种一份善，你的内心就添一份喜悦，喜悦越多，人生就越豁达——豁达的人生是多么好的人生。

所以，人生的幸福，不要去追逐，只要默默修炼。

鱼夫妇

经常买鱼，所以熟识菜场的卖鱼夫妇。

鱼夫妇的摊位在菜场的冷僻角落，生意却好，因为，他们备有大量的野生鱼，且价格公道、服务周全。

看起来，鱼妻忙些。挑拣、过秤、刮鳞。手不停，嘴不停，脸上的微笑亦不停，而鱼夫在旁边悠闲着，看看别家的摊头，讨论讨论鱼价，再偶尔搭搭手……鱼妻也显老些，双手常年泡水，浮肿苍白粗糙，偶尔抬头，现出满额抬头纹，若不是一双眼睛神采奕奕，鱼妻怕真的配不上鱼夫呢！鱼妻抬头，逡巡到自家的男人，亮眼含笑："瞧我家的，穿忒多！早上两点就起来去拿货，开摩托车往返百十里，夜里露水重，所以四季都穿棉袄……"其时是晚春，已有很多夏天的意味在空气里抖动，而鱼夫棉袄外还有防水衣裤，确实臃肿，可他的脸英俊瘦削，像韩剧里的明星，而鱼妻盯他的目光愈发温柔，像看一个优秀的孩子，又像在赞一个凯旋的英雄。

等着鱼妻净鱼的间隙，又来一位老奶奶买鱼。鱼妻跟她很熟，主动压低价格且挑了两条大鱼。先买的人嘟嘟囔囔地提意见。等老奶奶走后，鱼妻告诉我们："奶奶的老伴刚去世，孤苦伶仃一个人多可怜！现在有心情来买鱼吃，就是送给她也不为过……"提意见的人连忙点头，我兀自感动。

后来，工作忙乱，好长时间没空买鱼，去菜场也是一掠而过。偶尔从鱼夫妇的摊位前过，总见空着，心中欣慰：他家生意好，定然早早卖完回家歇息了。

又隔好长时间，某个休息日，我忽然想吃野鱼汤，催促老公早点去鱼夫妇那儿，省得去迟了空跑。

老公回来，手上泛泛地拎几样蔬菜，并带给我一个惊天的消息：鱼夫死了！

老公说："鱼夫去拿货，摩托车撞上一辆大卡车，一下子就丢了命，旁边告诉我的卖菜大爷也连连叹息，说他家还有两个年幼的孩子……"

我失神半晌，那么年轻、那么英俊、那么挺拔的生命啊！那么疼惜、那么幸福、那么恩爱的爱情！我想着鱼妻幸福的目光，想着他们携手并肩的摊位，想着他们年幼失怙的孩子……久久，久久缓不过气来。

再去菜场，我就有意避开那个角落了，它一直空着，没有主人，没有客人，也没有一尾尾活蹦乱跳的鱼……

过些时日，又见鱼妻的身影。一个人拖着一辆大三轮，车上满满两桶鱼，阴郁、沉重、疲惫，抬头纹更深，头发更乱，但她坚定地往菜场深处迈步，一步一步，仿佛要踏出呐喊……

我不敢再去那儿买鱼，本该去照顾照顾她的生意的，可平白的，就往那儿迈不动步。我知道，即使我不去，她的生意依旧会好，因为她是一个那么善良、那么勤劳的女子。

修修补补手艺人

周末，下雨，从车库翻出两双旧皮鞋，去鞋店修修补补。以前一位长辈给我介绍过这家修鞋店，说什么鞋都修得，什么鞋都能改颜换面。

鞋店陷在巷子里，大大的招牌悬在巷子的上空。走过去，店面不大，鞋架上修整一新的鞋子琳琅满目。师傅看看我的鞋，像医生那样下诊断："这双换底；另一双加前掌、加后跟、再保养一下……"圆胖的脸上有谙熟的表情——做个手艺人真好，深居于这么弯曲的街巷，也有人寻访惠顾。"荒年饿不死手艺人"，因为一双灵巧的手和一身高超的技艺，他们周身充满自信和坦然。

小时候，邻家修鞋的婶婶就有这种安静恬淡的气质。她从娘家带来了手艺，她笃定地坐在那儿，敲敲打打，给一双双行将废弃的鞋灌输进新的生命力……现在，邻家婶无鞋可修，而我在城市的一隅却遇到了和她一样的手艺人，我仿佛嗅到了童年的时光香。三天后，秋日响晴，我到鞋店，取出修好的皮鞋——六十多元钱，就令两双旧鞋完好如初，我心欢喜。

尝到了修修补补的好处，这天，我又拿一条牛仔裤，寻到路旁的修补女工。她也长着圆圆的脸（手艺人都有一张圆圆的脸么），身旁一堆待补的衣物。给她看了快要磨破的牛仔裤，她说这个不成问题，回家用机器来回压几路纹路就好了，既结实又不着痕迹。我倒情愿看她坐在路边一针一线地帮我补上破损，那样才有一种修补的悠然。可惜，修修补补这个行当现今也大踏步跟上了新的节拍。

想想以前夏日的午后，奶奶必坐在树荫下缝缝补补。她能把破洞补成一朵花，能把大人的旧衣改成我的"新衣"。奶奶还经常约一帮老妇人，就着方桌，裁剪春秋衣。大幅斜襟，自己缝，自己盘扣。几双巧手，一会儿一朵细长的菊花扣绽放在桌面上。我在旁边满心欢喜地看，岁月弥漫一种轻灵的好……

也许是从小耳濡目染，也许是女人的天性，我对针线活有种偏爱。家中席子破了，我剪了娃娃的花手帕，就着席边破损处，用密密的针脚缝了一块细长的花边，然后依然铺在床上，自鸣得意。我还经常把家中用旧的被套翻出来，做一个简单靠枕，也经常给猫做条纯手工睡垫。

和网络上会替孩子做公主裙，心灵手巧的"超级妈咪"比，我只能算"小巫"，哦，不！只算"三脚猫"。但是，我不管，心情烦躁了，我喜欢拿起针线，坐在宁静时光里，修修补补。

缝纫店的自尊

　　酒香不怕巷子深，菜场边歪歪曲曲的巷子口，问路人，大家都知道那个专门撬边的缝纫店的存在。纵深五十米处遇一妇女，再问，她笑指两三米外灰色墙面："喏，门口有张椅子的就是！"

　　走过去，发现这家缝纫店实在不该叫"店"，灰白水泥墙夹着一道窄门，门上空空如也，一个有关"缝纫"的标志都没有。门内也就三四坪米的空间，放着一张矮桌和一架缝纫机。四十多岁的女人坐在缝纫机旁忙活，我往门口一站就挡住了她的光线。她抬头笑问："有事啊？"

　　我挤进去，把半腰裙坏了的隐形拉链展示给她看。她接了，说半小时后来吧。我说坐等吧。于是我坐下，见她先拆了老拉链，再装新拉链，一反一正两道工序。这样的活计吃力不讨好，现在已经很少有缝纫店愿意接这样的活。她改装的过程中发现缝得不到位，又把已经装好的拉链拆开了，重新弄一次，直至与原先没有区别，才交给我。我接过来，问她多少钱，她说四元。给了她五块，说不要找了，她却坚持找了一个硬币给我。她的好名声就是这样来的。老顾客都说她有两个特点：一，要价不贵；二，所有小活她都愿意接。

　　听说这个女人一条腿不方便，就算半个小时五元钱，一天八个小时劳作，她的日收入是八十元。物价日益飞涨的今天，也就混个糊口。但四元就是四元，三元就是三元，她从不多收一元钱——她就这样坚忍而自尊地活着，让人心生崇敬。

　　我向来对手艺人怀有崇敬。手艺人凭本事吃饭，无论乱世还是盛世，熙熙人群，他们靠自己的双手赢得一份属于自己的从容。就像这个女子，居陋巷、住窄棚，貌不惊人话不多，但她常常被人提起和赞美，她在清贫中拥有一份属于自己的被接纳和被尊敬。

　　世纪广场边，有个专事修拉链的老师傅，也是满脸写有庄严。他常年在一柄大黄伞下静坐，收音机里播着淮剧。他方脸、白发、大手指。有人来，就小了收音机的音量，很认真地修拉锁。修好，给拉链打上蜡，检查一番，确定无瑕，交付对方，再收钱。整个过程也许就说一两句话，生意做完继续听收音机。他收的也只是一块两块，但他往那儿一坐就是一身尊严。

幼儿园旁那个修鞋老头的性格跟他截然相反。每双鞋来，他都边整理边跟你聊这个鞋好还是孬，好如何孬又如何。聊好了，鞋也修完整了。他修的鞋经久耐用且不着痕迹。如果你自带鞋底给他，他也没多少意见，收个一元钱手工费，他也很热情。他整天乐呵呵的，和蔼平和里充满对客人的尊重，也充满对自己的尊重。

我常常从这些手艺人身上读到一份自尊。自尊是什么？是识得自己、肯定自己，并通过善待他人从而善待自己。

君有德

饭席间，不知怎的就聊起好医生。

好医生是什么样的？在我们本市一个不起眼的诊所有这样一位牙科医生，在问诊了六岁小丹丹不整齐的牙齿问题后，教小丹丹的奶奶："回去让她啃整个苹果，啃玉米棒，记住，啃整个的，不要切片，玉米也不要剥下来，这样坚持到换牙！"于是，丹丹的奶奶遵医嘱，给孩子啃苹果、啃玉米棒。后来，丹丹换牙，原先不整齐的乳牙依次脱落，长出的新牙全部齐整漂亮！在看这个牙医之前，小丹丹被带去过各医院牙科，大夫们的口气都很肯定："等她长大些进行矫治！"现在，丹丹十六岁，牙齿如齐整的鲜贝，笑起来很美。

怎么会谈起这位好牙医的呢？丹丹的姨奶奶牙齿也有问题了，就去找姐姐说的这位"好牙医"。到了那儿，好牙医看过，建议她"饭后三分钟刷牙三分钟"，并且给了她牙线教她如何使用。没要一分钱，姨奶奶觉得过意不去，说："医生，你给我开点漱口水吧。"好牙医说："你要漱口水，莫不如回家用淡盐水漱口。"就这样，姨奶奶只花了挂号钱，就看了牙病——好医生就是这样：舍难求易，舍费求简。

桌上另外一位教师朋友说，他的一个学生，吃完饭反射性呕吐。到各家医院诊治均无效果，孩子悲观，父母着急，预备给孩子办休学手续。这时，遇到一位好医生。好医生建议：每天早上，下碗面条给孩子吃，吃一个月就会好。回家下面条给孩子吃，吃了两个星期就好了。为什么会这样？因为孩子胃酸多，而面条里的碱恰好中和过多的胃酸，所以呕吐就好了。

一针见血、切中要害，手到擒来、化病痛于无形。有时好医生很像传说中的大侠，让人敬畏崇拜感激。

桌上的一位医生朋友给我们讲一位医学专家的故事：一位老妇人肚子胀疼，辗转各医院，拍过片子，做过 B 超，做过钡餐透，不得要领，来到了专家身边。专家说：来来来，躺下让我摸摸你肚子。老妇人当即就哭了，说她走了十来家医院，看过十几个大夫，您是第一个摸肚子的大夫……

"后来呢？"我们都很好奇。医生朋友笑笑："后来就不晓得了。"

但我们觉得老妇人找到了这样一个负责任的医生，何愁不得好呢？好医生就是这样：细心，体贴，周到，亲力亲为。

我们桌上的医生朋友也是位公认的好医生，他看病时爱说："没关系！会好的！"这样的话传递出一份果断和自信，让人心安。有的医生交代病情似股市预测，一嘴模棱两可，让人听了心惊肉跳。所以，我欣赏这位医生朋友。

我刚刚带家人去外地看病回来，对看病的艰难深有体会。遇到好医生是福，遇到孬医生是祸。

饭店的墙上恰好有一幅字，很想拿来赠给我们口口相传的好医生："君有德，福自来！"并由此想到一切职业及职业之外的做人标准：君有德、福自来！

当你看到她软弱

　　父亲生病住院，临床是一个七十六岁的农村老太太。老太太因肠梗阻住院，我父亲入院的时候，老太太已经手术完毕，负责照料的，是她儿媳妇。

　　儿媳妇人高马大，粗胳膊粗腿，搬动七十多斤的老太太丝毫不费力，显出一种"不在话下"的爽利。婆媳俩的对话，也是互相关怀、有礼有度。因为刚做完手术，儿媳妇夜里需要不断起床为老太太翻身、放引流袋的尿液、喂老太太汤水……只要老太太一唤，儿媳妇就一骨碌爬起来利手利脚地帮忙。儿媳妇能这样侍候婆婆，算孝道；婆婆能这样有儿媳妇侍候，算有福。我们都赞赏这个孝心的儿媳妇，婆婆也在病痛间隙不忘对儿媳妇说几句感激的话。

　　后来，老太太的老伴来了。老爷爷头发花白，腰快要弯成九十度，但动作利索，身体健康，平时在家还种五六亩田。他先到老伴床前报了道，然后跑上跑下地交了医院催缴的欠费，买了一些生活必需品，与儿媳妇做了简单的交接，就让儿媳妇走了。儿媳妇走后，老爷爷坐在老太太旁边，除了吃饭、如厕、喊护士换药，不挪动半步。老太太需要翻身、坐起，他轻手轻脚地帮助，仿佛老太太是一件易碎的瓷器。在这之前，病房走廊里稍有动静，她儿媳妇都要挤到门口张望一番，而老爷爷来了，病房里再大的热闹他也不看。

两位老人之间有细细碎碎的交谈。老太太一直在抱怨：手术时她怎样受苦，术后她的伤口如何疼痛，现在胃肠如何不舒服，吃东西如何不消化……说到伤心处就哭，更伤心处就咒骂老头子没跟医生打点、没对医生说说好话。老爷爷花白头颅低垂着，默默倾听，一句也不反驳，只是好脾气地握着老太太的手。饶是这样，老太太还不解气，继续"撒娇"，嫌爷爷扶她的手重了、嫌爷爷喂她的饭烫了……和儿媳妇在一起的老太太与和老爷爷在一起的老太太，判若两人。后来听说老太太胃肠常年不好，三天两头住院，老头已经不知多少年，除了要送她治病还要默默听她抱怨了。

"久病床前无孝子"，老太太明白这一点。先前在儿媳妇面前隐忍有度的婆婆都是装的。现在，真正的亲人来了，她终于放开脾性，像个病人那样抱怨、申诉、表达脆弱。

79岁的老爷爷在医生的指示下，送化验拿结果，买菜买饭，电梯上电梯下，头脑清晰，行事不乱，我夸他了不起。老太太却并不十分认可，有一天，稍微舒服了些，有气无力地被扶着坐了起来，注意到了老爷爷乱糟糟的头发。她气喘吁吁地数落："头发长得已经像个强盗了，回家这几天也不去理理，总是这样，一忙就乱……"老爷爷害羞地抹抹自己的头，说："光顾着地里的豆子，没顾着头发。"我们几个在旁边打圆场，说："不太长，还可以。"

老太太笑了："人本来就长得难看，头发一长就更难看了。"老爷爷继续害羞地笑笑——这是老人表现亲昵，也只有一起生活了几十年的人，才会懂得对方用"难看"代替的亲昵之语。

老头老太的情形，使我想起空间里的一句话："当你看到一个人自信优雅，体贴能干，是因为她喜欢你；而当你看到她悲伤软弱无理取闹的种种，是因为她爱着你。"

蛋饼摊的"二人转"

　　我认识一位做鸡蛋饼的大妈，大妈五十六岁，人长得和善，摊子收拾得清爽。

　　我常去看她卖饼，因为她的工具干净考究，做蛋饼的手从不接触钱币，所以她的摊边总围一圈等候的顾客。她的老伴在旁边打下手，负责收钱、递饼，帮来买饼的顾客排顺序，同时为大妈擦擦汗、系围裙，一副围着大妈团团转的样子。

　　帮他们算过一笔账，一天若卖出蛋饼五百个，除去成本，净赚二百多块钱。这些钱，怎么花销？忙碌的大妈没空回答，大伯代替："一部分寄给留学的儿子，还有一部分存在银行，留我养老！""大妈不用养老吗？"大伯笑笑："她有退休金，我没有。"

　　细看大伯皮肤白皙，目光炯炯，不该是个需要大妈养活的人。我不禁对大伯的话表示怀疑。

　　大妈"哈哈"大笑，忙里偷闲，向我投来赞赏的一瞥："这位美女你猜得很对，他可不是要我养活的人，他的养老金十年前就赚回来了！"

　　我不禁很好奇，问大伯从前干的是什么职业。

　　大妈骄傲地笑："你别看他现在是我的'手下'，十年前，他可是响当当的企业家。那时他是厂长，带领几百号人，大干苦干，厂子转得兴旺。工人个个高工资，出门有厂车，出差住宾馆，别提多风光！"

大伯不好意思地笑笑："都是过去的事了，不值一提！"

"咋不值一提？你带人跑货源、跑销售，在外忙得跟旋风似的，到家我就给你做'小二'，端茶递水、嘘寒问暖，洗脚水还不知倒过几大江！"我们都笑了，为大妈生动的比喻。

大伯眼含内疚："那时确实忙，饭桌上还经常有人闯进来要求调解纠纷、说公道话……家里老人、两个娃儿、里里外外，全靠她……"

大妈吩咐大伯回家取鸡蛋，看着大伯远去的背影，笑着叹："可是后来年龄到了，厂子换了领导，不知怎的，厂子忽然倒掉了，他就一无所有地回来了……"

"郁闷过一阵子。我硬拉他起来，一道来卖鸡蛋饼。我说你得听我的，我拿两千多退休金，你一分钱没有，你得跟在我后面做'小二'！其实，拉他出来就图透口气，换换脑筋。"

看着大伯一路小跑往这边走，大妈笑了："你看他现在多听我指挥啊，就像我当初听他的一样！夫妻不是你围着我转、就是我围着你转，我跟我女儿讲，只要日子平安，谁围谁转都一样！"

大伯大妈的爱情

　　大伯大妈结婚是一件很有趣的事。

　　那时大伯在农村教书。课堂上，他常常把持不住那群"野马"，听到哄闹声，隔壁班的汪老师会走过来敲敲桌子瞪瞪眼，镇压得鸦雀无声方才离去。汪老师扎小辫、双眼溜圆、性子笔直像擀面杖，大伯一直喜欢她，但不敢明言。

　　冬天的某一日，是学校放假的日子。大伯正坐在阳光下百无聊赖，有人把他从小凳上拎起来，说：开会了开会了，在某某教室。

　　大伯套上老棉袄急慌慌地赶，赶到那儿，汪老师也风风火火地奔进来，问："张明哲，你找我？"大伯还未回话，"哐当"一声大门就被关上了，紧接着"咔哒"一下门外扣上搭扣，哄闹声在门外及时地响起："噢——噢——朱明哲汪爱梅结婚啰！结婚啰！"汪老师瞪着溜圆的大眼睛盯大伯，盯得大伯双腿发软、语无伦次："不、不是我……"弄明白后，汪老师生气了："怕什么怕！结婚就结婚！"

　　于是，她去掰门，用尖利的嗓音在闹哄哄的声音中划开一道口子："吵什么吵！结婚就结婚！"

　　门开了，他们走出去，她在前他在后。她很昂扬，他很拘谨。她抻抻他皱巴巴的棉袄，他随他抻着，脸上有窃窃的喜。一大帮男教师站着，眼中玩乐的灯火——熄灭，代之以无限的嫉妒和后悔……

就这样，拎不上台面的大伯却娶了伶俐能干的大妈。

说这些的时候，大伯脸上的皱纹一圈一圈漾开来，眼神迷离，仿佛 50 年前闹腾的一幕又在眼前重演。大妈坐在他身边，一声不吭，静如止水。

结婚后，大伯凭借自己的一手好文章，被调至县政府，大妈作为家属也被安置到县中。他写字，她教学兼做家务。他不需要再面对难缠的学生了；她亦不需要再到农田里干第二份活。日常里，大妈大嗓门吆喝着，大伯笑脸迎着，看似她欺负他，其实日子过得甜美和顺。

只可惜到了动荡的年代，大伯因一篇文章被关进牛棚。大妈一个人带着三个孩子，最大的十岁，最小的才三岁。她还要为他奔走呼号！她溜圆的大眼睛陷下去，她尖利的嗓音哑下来。她跑不出任何结果，领导要求她与他划清界限，她偏不！每逢批斗会，她就挤上台，走到他面前，替他整衣，揉他被绑的双手。她总是被拉下来，三个齐刷刷的孩子也总是被拉下来。她的眼里流不完的泪，心上浇不灭的火，她是一头母牛，时时嘶鸣。

"造反派"碍于大妈的泼辣玩命也没把大伯怎样，只是关关，再定期拖出来斗斗而已。

那是怎样的岁月哦，如果没有大妈，大伯会不会熬不过劫难呢？大伯摇了摇头："难说呐，难说！"

后来，大伯得以平反，他不敢再写文章，继续干起了教书育人的旧职。日子一天天宁静滋润。

退休无事，大伯迷上了养花，大妈却渐渐失去了方向感，逐步不认识周围人，直至不认识大伯，医院诊断为"老年痴呆"……

大伯把所有花草都送了人，他说他现在唯一的花儿，是她——大妈。春暖夏热，秋燥冬寒，大伯把大妈照顾得一丝不苟。女儿要他找保姆，他不肯，他说你妈最讲究，不习惯别人粗手粗脚。儿子要带他们去国外，大伯不干，说你妈一辈子呆校园，外国人叽里咕噜的会吓着她………

大伯经常搀着大妈在校园里走，走到蜡梅花前，走到虞美人前，走到白玉兰前，走到一切有花的地方……走累了，大伯会带着大妈坐下来歇一歇，再跟大妈讲讲话。大妈不会言语，只看着大伯，目不转睛地看，大伯讲多久，大妈就看多久……

这就是大伯大妈的爱情，我写得鼻子很酸。

黑板上的签名

活跃的孩子到上学的时候就不沾光了。

梅雅家就有一个活跃的孩子。梅雅说，自上一年级以来就不断收到老师告状——梅雅自己也没办法，这孩子就是一匹活跃的小马驹，爱看书不爱考试，整天奇思妙想并想付诸行动，永远是歪门邪道。梅雅说若我是老师，我也会头疼。

梅雅一直在愁云惨雾中度过。努力分析，觉得孩子成绩提上去是关键，但是，自己小时候都是手到擒来的知识，到了儿子这边怎么就特别费劲呢？后来，梅雅也想通了，普通就普通吧，只要孩子健康知礼就行了，孩子不是还很讲义气吗？那次打群架孩子不是坚定地没参与吗？

初二了，孩子满脸大汗地跑回来，说换了新班主任，最多二十五岁！梅雅心里嘀咕：刚工作吗？去年的班主任被他们这帮臭小子气得再也不肯带这个班，换个新的老师能行吗？家长们也在背后悄悄嘀咕：他们班可是在年级垫底的班……

新班主任有工作热情，进入家长 QQ 群，定期播报孩子们在学校的各种实况，也定期跟家长们私聊各个孩子的学习情况。以前，看到老师头像闪动，梅雅的心就跳得厉害，这次也是。想不到，点开来，老师的话居然是："孩子英语口语真的很棒！"是啊，她以前都不好意思跟老师说她从小就引导儿子练口语，也不好意思提儿子能看懂英文电影，因为她儿子口语好但英语成绩并不突出啊。班主任连竖大拇指，还说可以以此为突破口，激发孩子的学习积极性。但是第三周，班主任被梅雅家孩子狠狠地泼了一盆凉水，因为"发现这小子上课根本不听"。梅雅立即道歉加许诺，她很害怕班主任的激情从此被浇灭。

过三天，班主任的头像又闪动起来，说孩子的动手能力相当强，并且他们居然有个"民间陶艺部"，昨天这个"民间陶艺部"被班主任正式收为"班有"。梅雅恍然大悟，怪道儿子昨天回来两眼放光，吃完饭主动去写作业。但是，又一天，班主任"哭丧着脸"说，儿子在班上跟物理老师作对……

晚上，梅雅故意轻描淡写地问儿子学校情况。儿子说："我们小刘老师每次对我们燃起希望，就被我们的错误无情浇灭，然后她又满血复活……妈妈，我们都不忍心惹小刘老师生气了，因为满血复活太需要元气了！"梅雅心就放了一半。

初二一学年结束了。过程曲曲折折，但期末考试，儿子班全学科逆袭，综合成绩从最后几名跃居年级第三。

到初三，儿子的班已经成为年级最好的班，那种好不仅是学习成绩好，还有广播操比赛好、演讲比赛好、手工比赛好……

初三结束了。暑假，听说小刘老师又接了初二一个"最差的"

班。然后梅雅家的这个"臭小子"召集班上的同学，到班主任即将带的"最差班"的黑板上留下这样一段话："请好好照顾我们的××老师，请好好待她，听她的话，因为她值得你们这么做！"那帮"臭小子""香丫头"还在黑板上留下了一堆签名……小刘老师跨进新班级，一下子就呆住了。她说她只是想提前去打扫打扫，却被黑板"惊艳"了，幸好旁边没人，否则那个哭相肯定"吓死人不偿命"。

小刘老师拍了照片发在老初三家长群。梅雅说：一群家长隔着屏幕看到自己孩子的签名，纷纷表示眼泪抑制不住……梅雅说着这陈年旧事，眼睛倒又蓄了泪。

背足球的女孩

随校园女子足球队的孩子参加省内"省长杯"足球赛，到达宾馆的下午，这帮叽叽喳喳的女生告诉我：他们班一个不能参加比赛的女孩偷偷跑过来了。

我大吃一惊："她一个人来的吗？家长知道吗？"

孩子们说："她一个人来的，家长不知道……"

领队知道了这件事，把私自过来的女孩叫过来了解情况。

我见到了这个孩子。短发，大眼睛，小圆脸，很像动漫画作里的秀气男孩，虽上初一，看上去却好似七八岁。孩子的班主任告诉我："这是个很爱足球的孩子，踢得也蛮好，但不能参加比赛……"

"既然踢得好为什么不能参加比赛呢？""因为她是贵州人，户籍在贵州，所以尽管在我校足球班，却不能代表盐城出来踢球。"

她是多么渴望加入这个团队！于是这个十三岁的孩子，在这个暑期做了一个惊天动举：在校足球队出发的时候，她也整装出发；在我们踏上大巴的时候，她自己赶到火车站乘火车；在我们到达南通入住宾馆的时候，她也追寻到这个宾馆；在我们出去吃饭的时候，她开了个房间。然后一个人寂寂的，又忍不住给队友打了电话……

老师联系了孩子的爸妈，在孩子爸妈来到之前，先把孩子留了下来。

我们打第一场比赛的时候，正值这个夏天最高气温。四十度的温度，许多人窝在家里吹空调，而这帮十三岁的女娃却在球场上挥汗厮杀。我注意着这个追着足球赶来的孩子：队友们热身的时候，她帮着在球门后捡球。平素她腼腆沉默，但只要碰到足球，就活泼快乐起来，瘦小的身影充满激情。比赛的时候，她和候补队员一起观战，因为了解每个队友的优缺点，所以特别紧张。队友踢得好，她喊好；踢得不好，她跌足；对方强的时候她企盼对方崴脚；自己队友受伤的时候，她祈祷队友能挺过去。她和场上的队友晒得一样黑，她是她们的一分子……

2∶0，我们负于对方。中场休息，教练训话。有孩子边用毛巾擦脸边流泪。她蹲在旁边，默默地抚摸哭者的胳膊，无言的，感同身受的。有孩子需要重新绑护板，她跳过去帮忙；有人要用毛巾湿后脑勺，她接过毛巾挤水，并老练地在后脑勺上拍拍；她把守门员的手套拿过去洗了，摊在烈日场地上晒一晒……

多好的孩子，她的父母忽视了一颗怎样爱球的心呢？

据说，她爸妈生意忙，很少有空管她。碰到靠谱的父母，不管怎样也该把户口转过来。

回宾馆的路上，我拍拍她的笑脸，开玩笑地问："什么时候回去啊？"

她神伤了，我知道，她好想留下来。

她背着足球队的足球。五个足球挤在网袋里，在她小小的后背上呈现着最团结的亲密……

班上有个某某柏

女儿常常回来跟我讲他们班一个"讨人嫌"的男生，叫某某博。说他老完成不了作业、老被叫家长；说他被叫家长后作业都对了，考试又不会了；说老师指着他的作业问他，"某某博啊，到底是你做作业还是你家长做作业啊？"又说，有一次老师在班上痛心疾首地问："某某博啊，你家长为你操碎了心，你就不能争点气吗？"

某某博天天被老师批评，被各科主课老师批评，上课越来越调皮，越来越闹腾。

每天女儿都带回某某博闹腾的"新闻"，让我对这个孩子既担心又好奇。

一天，送女儿上学，一个瘦瘦小小的男生大老远就高喊女儿的名字。

我问女儿那是谁。女儿说："他就是常被老师喊了站起来不许坐下的某某博啊。"

"啊？很阳光很干净的男生啊！"

"可是他真的很调皮，今天老师问他 3+4 等于几，他都答不上来。"

从此，我和女儿每天的话题还会有："某某博被批评了吗？""那当然，他什么都不会，上课还故意捣乱！"

终于有一天，女儿回来告诉我有关某某博的新内容：某某博调皮，班长在黑板上记他名字，他上去一把擦了，说："烦不烦？人家名字早改了，你为什么还写那个字！"

"真的改了吗？"

"真的。"

"为什么改？"

"因为他的名字里面有个'博'字，有一次语文老师说，某某博啊，你爸妈给你取个'博'字，是想让你博学，结果你读字都读不对，怎么对得起你爸妈的期望啊！"

"那以后，某某博就不好意思叫这个'博'了，他征求爸妈的意见改成了'柏'，老师也同意了，可是班长不知道，写错了，他很生气了。"

可怜的孩子，都不好意思用"博"做名字，说明他对自己多失望。

新学期，女儿回来说科学老师换了，大家都闹哄哄的不听讲，只有某某柏听得认真。

"为什么？"

"他喜欢科学课，上学期他上科学课就听得十分认真，从不捣乱。"

"他对科学课很感兴趣，是吗？"

"因为科学老师上学时的学号是20，她不熟悉班级情况，就老点20号回答问题。20号恰恰是某某柏。某某柏可高兴了，从此就特爱科学课。"

哦，原来如此……如若某某柏的人生路上能多遇几个"20号"老师……

不惜力

幼儿园边，人行道里边，我和老头一起缩在他的方寸之地。头上是棵大榆树，身后幼儿园围墙，前边是他的修鞋机，右侧是拉起来用于挡风的编织布，左边是供来客坐的马扎。

我稳稳地坐在马扎上。我们都很低，行人从旁边走过，橐橐，哒哒哒，或者"啊——欠"打个喷嚏，也有人随地吐了一口痰，眼睛一扫才发现猫着的老头和我……

我感觉像在躲猫猫，老头却习惯了他的低位置。当时正开青奥会，老头兴奋地跟我讨论那些举重姑娘，说那些姑娘不得了，二百二十公斤的举重，差不多男人（而且是举重的男人）都比不上。他放下手中的活计给我讲解挺举和抓举的区别，告诉我为什么抓举更需要有力。他满是皱褶的脸镶嵌着钦佩和崇拜。他摊头的收音机，正停了淮剧，播放豫剧名段《谁说女子不如男》，他的感慨正是由这个名段引起。

他由力气又说起陆公祠门前那两只石狮，讲起石狮由河道运来时一个大力挑夫的传说：几千斤的重担由挑夫挑上岸，有人发现一只石狮摆放不正，就请这个挑夫磨正了，挑夫不费吹灰之力磨正石狮，但磨完就吐血而亡。老人叹息："若歇一歇再磨正，那挑夫就没事了……"然后又点评："先人不惜力啊！有力气就使，心想我挑都挑上来了，磨正还不是小事一桩？！"说完摇摇头，仿佛想纠正先人这个不肯"歇一歇"的致命错误。

这个老人也是不吝惜力气的典范，他的不吝惜体现在对待鞋子上。无论换跟、补缝还是敲掌，他从不马虎，从不跳过该有的工序。即使加个跟垫，也要丈量、打磨、等待胶水黏性增强、再钉钉……他没有那些先进的修鞋工具，他就靠那双精瘦的手，活计却很利落漂亮。

老头每天蹲候此处，每天都很忙，找他修鞋的人一撮又一撮。许多等待修理的鞋摆着，他讲究先来先修，禁止插队。一次，一位中年人急用脚上的鞋，想请他帮忙插个队，老头不肯，说："不管活计大小，先来后到按秩序，这是规矩嘛！"中年人赧颜了，但确实急啊，一位老奶奶看他急就让出了自己的位置，修鞋老头这才同意帮中年人先修。

旁人开玩笑说老头一身犟骨，老头满脸的笑纹消失，现出些许严肃："家有家法，行有行规嘛！我允许插队，就伤了前面人的心，既然你排在前面的好心，我也就同意咯！"

……

大中午，是老头一天中的最清闲的时刻，所以他得以一直跟我絮叨，手上却丝毫不懈怠。换了两双鞋底，补了一个鞋面，合计三元五角钱。我收拾好鞋子准备走的时候，老头站起来，展开中气十足的嗓门:"那挑夫是我祖上!我年轻时也是一副好身板,挑河卸船,样样拿得起放得下——现在老咯!""老"的余音还未完,老头就咿咿呀呀哼起了淮剧《买油条》:"全家算我起得早,家务有我一人包……"

后妈

　　第一次跟孩子见面，孩子就问："阿姨，你什么时候跟我爸爸离婚？"她温和地问："为什么？"孩子说："因为你们离婚了，我爸爸妈妈才能在一起。"这就是当后妈的难处，在孩子心里，后妈永远是亲妈家庭位置的掠夺者，即使再三解释"你爸妈离婚时爸爸还不认识阿姨"，孩子也不信。

　　将近两年的寄宿生活，造就孩子倔强、敏感、太害怕失去的性格。一天中午她忙着烧饭，孩子却喊她帮忙拧干毛巾，她说："宝贝，我们都要自己的事情自己做！"那边就无声了，她关了灶火转过身，发现孩子汪汪的眼睛蓄满泪花："阿姨，我想妈妈！我想妈妈！"她赶紧走过去以她六年的幼教经验抚慰孩子："宝贝想妈妈了，妈妈肯定也想你，只不过她工作忙啊。阿姨不帮你拧手帕是因为阿姨觉得你能行，我觉得你做什么都很棒的！"听说妈妈想她、又被阿姨夸，孩子立马拧了毛巾收了泪。

　　还有一次和孩子练习跳绳，为了给孩子做榜样，她连跳一百个，但是孩子生气了。她追过去问："是不是阿姨跳多了你生气？"那边点头。她又问："如果换做妈妈跳这么多你生气不生气？"孩子摇了摇头。她抚着孩子的头说："阿姨给你做示范是因为爱你，想激励你……”然后就去做饭，让孩子一个人待着了。二十分钟后，孩子来道歉。那一声"对不起"令她甚感欣慰。

渐渐地，孩子把她放在第四位置，画作《我的一家》出现了爸爸、妈妈、阿姨以及自己四位成员；"最喜欢的人"中，她已超越奶奶，排在爸爸妈妈后面。再渐渐地，阿姨和妈妈的位置已经并重了，常常表达"希望妈妈和阿姨一块来接我"的愿望。

她和孩子一天天磨，越来越有信心，但跟大人打交道不行，带孩子外出，会遭遇各种"关切"询问："娃还好带吧？""跟你亲不亲？""你和她妈妈还联系？"甚至楼道里的一位老奶奶每次遇到孩子都拉住孩子的手问："她打你不？"后来，她发明了一种"全方位无死角"的灿烂微笑应对这些关心。后来，孩子也学会了这种"不解答的微笑"……在家里，说好的孩爸做"黑脸"，她做"白脸"，爱女心切的孩爸却怎么也板不下面孔，她只能端着后妈的身份给孩子立规矩。好在，孩子心里最亮堂，知道谁对她是真好。孩爸出差，孩子就跑上她的大床黏着她一起睡，有说不完的悄悄话。

自己为什么跟娃她爸结婚？是因为自己实在嫁不出去？还是因为旁人眼中他有钱？都不是。那时候她二十八岁，遇到他，知道她是幼儿教师，他就不断向她讨教育儿方法。有一天，他说："我发现我们俩在一起挺合适。"她就顶着压力跟他在一起了。

敢于做后妈，既是出于她对这个事业型男人产生的爱，也是基于对自己职业素养的一点信心。后妈三年，她果然成了孩子的大朋友。而老公呢？总是在外面跑，很放心地把孩子交给她，很少回来。

一切似乎都是正常的、有秩序的，但有一天，孩爸忽然说："我们离婚吧……"好多朋友都猜测孩爸在外面有了更"匹配"的白高美。她心碎一地，却问不出所以然。夫妻冷战，她放不下孩子，还是专心地照顾"宝贝"。孩子敏锐地捕捉到了大人之间的问题，提出周末也不去妈妈那儿，要留下陪阿姨。

她望着和宝贝相依的家，忍不住哭了。宝贝走过来搂住她说："阿姨，爸爸和你离婚后，你带上我吧，我可以重新找个爸爸！"

老花工

　　我敢说楼下的花工是个创享达人。他在临时居住的平顶房四周种上爬山虎。春来，那些曼妙丰腴的绿叶层次均匀地铺上去，于是，从上看，他的房子青绿绿、毛茸茸，像传说中的仙人屋。老花工瘸着腿，从仙人屋里进进出出。他在收拾什么？他在忙碌什么？他可有秘制的鲜汤？可有能实现愿望的花草？我趴在楼上，草绿色的房子蒸腾起多少遐想！

　　他的花棚内收有一只黑瘦的猫妈和猫妈的五个孩子。猫妈在这儿安家落户，是因为花工在围墙根下放置了一只小号脸盆。猫妈从远处归来，把脸盆舔得干干净净，然后躺倒喂奶，五只小猫迎上去，猫妈舔舔这个，啃啃那个，很是闲定和温情——脸盆内总有食物，虽然不是鱼虾，但对一群流浪猫来说，已经足够好。不是吗？绿房子里的老花工是个有善心的好人。

　　老花工还是个称职的花匠。他常年操持剪刀、水管、锯子、小锹等工具在校园里忙碌……半老的老头，瘸着一条腿，却把学校的花草打理得清爽利落。春来，新翻的土地撒上花种，不几日便鲜妍满地。夏天，是他修剪的盛季，黄杨被修剪成圆墩墩的憨相，青草被剪裁成齐刷刷的模样。秋天，他扫落叶，哗哗哗，落叶一路欢唱。冬天没事吧？不！冬天，他爬上高高的梯子整理梧桐树的枝丫。看看校园内剑麻的叶子，你就知道他有多细致，所有剑麻宝剑般锐利的叶尖都被他悉数剪去，为什么？确保那些调皮孩子的安全。

每天在校园行走，目之所及，要么是湖边帘栊样垂到水面的迎春花；要么是满眼翠绿、井井有条的枝叶；要么是肥绿可爱的茂盛草坪，花圃里更是花团锦簇，终年开不断……

我常常觉得这些花草遇到老花工会发出一阵欢呼——就像《黑衣人1》里面，那些箱子里的生灵遇到侦探K就高喊"万岁！"老花工就是花们的守护神、是花们的瘸腿王子。看到他，它们该多激动、多兴奋，多么渴望他长满老茧的手轻触一下，或轻抚一回。

我家中一根久置的山药发了长长的芽，我用塑料袋装了带给老花工，他怜惜地把山药放在车上，从此，一根可能被吃掉的山药在花工的帮助下落土为安、养儿育女了。把植物交给老花工，我放心。

家有小粉丝

身后有个小粉丝是件很让人得意的事。你刷牙她也要刷牙；你吃苹果，她也要吃苹果；你伸了个长长的懒腰，她也来个懒腰长长的……于是你喜不自禁地看着她，就像看一个缩小的自己，有种自恋的痛快和沉醉。

兴致所至，我就蹲到她面前故意问："丫丫，家里面你最喜欢谁呀？"她一点也不犹豫地说："妈妈呀！"和她爸争执谁配不上谁的时候，就把她拉出来："丫丫，你说爸妈谁更漂亮啊？"她头也不抬地说："妈妈呀！"气得她爸在一旁吹胡子瞪眼，她还无邪地跟着我在一边笑翻了天。

身后有个小粉丝，是件很让人头疼的事。我去纠正她不正确的坐姿，她立即明白地告诉我："这是跟妈妈学的！"我告诉她吃饭时不能讲话，她立即反驳说妈妈也在讲。所以，一般的，在教育女儿之前，我都得先做一番深刻的自我检讨。

有时候和她爸闹别扭了，就忘记了小粉丝的存在。与她爸怒言相骂之后，发现小粉丝对她爸的态度也恶劣了许多，言语里凭空增加了一点决斗的味道。呆头鹅爸爸不明就里，还拉着小粉丝进行引导式教育，她立即拳脚相加，并口出狂言："滚你臭蛋！"这正是刚才我甩给她爸的恶语——她爸激泠泠打了个冷战，然后对我怒目相望。我自知理亏，不敢言语、不敢偷笑，象征性地给了女儿一个巴掌以示警告……从此便不敢再叫她爸"滚臭蛋"。

在小粉丝面前我开始学习小心做人了。想吵架吗？且慢！小粉丝在后面玩着呢。想躺在床上看书吗？且慢！小粉丝在旁看着呢。想看那个言情片的结局吗？且慢！小粉丝还没入眠呢……原来被人崇拜真是件累人的事，怪不得刘晓庆几十年前就大呼做名女人"难上加难"。现在，我冒昧地更正一下女影星的话——做被崇拜的母亲，难上加难！

但是，再难我也坚持，因为我是母亲，因为我被崇拜。

看着小粉丝在我的带动下越来越"懂理化"，越来越"规范化"，真是心里比吃了蜜饯还甜。

所以说：家有小粉丝真是件幸福的事！

英姨

　　七十四岁的英姨，到达车站后没有直接打的，而是先买了地图，避开人流高峰乘坐了地铁，再花起步价的钱从地铁口打了的士……抵达小区。英姨烫成波浪卷的满头银丝当下就"亮煞"了物管妹妹的眼。即使到现在，物管妹妹还会不断向我描述：老太太上着黑色休闲西服、内衬红碎花衬衣，下着米色西裤，拉着拉杆箱，步态优雅地来到了物业管理处。一声"你好"后，英姨不紧不慢地掏出了身份证。等待取快件的间隙，她戴上老花镜，在手机上记下物管的电话号码，还玩了一小会儿游戏。钥匙取到，她问了房子的方位，就拉着拉杆箱悠然地走了。

　　英姨的首次亮相让物管妹妹惊为天人，到现在还一直夸赞不已。她不知道古稀之年的英姨不仅面色红润，身体康健，而且还懂微信、会玩网络，跟小辈聊美容、聊股票、聊时事都聊得欢欣……英姨该是老太太中的"奇葩"！

　　我初入社会时，得到英姨颇多照顾，知道我对职场有困惑，她传授给我两条快乐人生法则：一是不断学习，二是助人为乐。英姨凭借这两条人生信条，一辈子过得精神抖擞。

　　英姨是在坎坷人生中悟出这两条道理的。她十岁死了父亲，十三岁母亲改嫁。也就是十三岁那年，她独自来到城市寄居于一个亲戚的篱下。那时候，她要帮亲戚带大大小小四个孩子，还要洗衣烧饭。即使这样，英姨还穿当镂空帮助邻居并自学完高小课程。她的乐学好施得到了回报，十五岁那年，邻人领着她进了某个电子工厂。

于是，英姨遇到了丧偶的英姨夫，二十岁的时候，她成为一个八岁男孩的妈。我说过一切"未知"对英姨来说都不是难题，她从只字不识到识字学文，从单纯少女成为一个慈祥的妈妈。英姨凭借自己的灵巧、坚韧、聪颖一一应付下来。她和幸福的姨父又生了两个孩子，辅佐姨父做了某厂的厂长。所有认识英姨的人都说她很善良，别人有难她尽力帮，帮不上的她会比当事人还急。善人总会被善人包围，动荡期间英姨父被批斗，"造反派"们因为英姨的为人对英姨父也只是走走"形式"。

英姨五十岁时英姨父患癌症去世。英姨看儿女都过得红火，就把早已改嫁到山里的母亲接来照顾，直到老老太九十四岁过世……

现在，英姨朋友众多，老太太活得一点也不落伍，跳舞、唱歌、旅游、上网、购物、刷视频……活得恁潇洒，是个人见人爱、花见花开的明亮老太。有人说，如果英姨能再找个"英姨夫"那就完美了。英姨却摇摇头，说："没有比你姨父更好的人了，永远没有。"

我们的"沈长"

我以前所在的科室清一色娘子军，队伍良莠不齐：有什么也不懂的实习生，有如我之流半懂不懂刚工作的，也有在别处与科室领导闹翻天的中年"发配军"……拉拉杂杂二十多人，站起来高高矮矮胖胖瘦瘦，但无论是谁，对我们科室领导沈长（沈护士长）都相当尊重。细考我们沈长行事之术，无他，唯真诚与身体力行尔。

怎样身体力行？一般科室领导，都惯于坐办公室发号施令。办公室坐"精"者，能眼不抬而观六路、身不临而知八方（近似于雍正爷的行事风格）。而我们沈长偏不会坐办公室。开完晨会，她即与我们"战斗"在一处，输液室、急诊室、观察室，处处有她行走如风的身影！常常到了下班时间病人反而多起来，沈长怕接班同事忙不过来，帮着忙这忙那，忙消停了，才吆喝大家下班，边走还感叹："不知别的科室怎么样的，我们科室个顶个懂事！你看小王、小张、小周、大李……"我们一个个被点过，面露红晕，殊不知是因为她不下班，我们才跟着懂了事。

沈长对我们，也并不总是一味夸赞。我们偷懒或逃避责任时，她犀利的眼神以及毫不留情的训斥，相当吓人。但是，事后该对你好还是对你好，她从来不苛求我们能尽善尽美，也从不去上级那儿打"小报告"。在她眼里，"知错能改就是好同事"。

记得有一次，"发配军"贾姐核对药物马虎被沈长批评。贾姐不服，与沈长顶嘴。沈长直着喉咙坚决地说："你错了就是错了！重新核对！"说着，本子一夹就去开院办会。贾姐以为沈长要告她的状，在班上坐立不安。哪知第二天遇到护理主任，护理主任居然对贾姐说："你们沈长昨天说你表现很好，像个大姐模样！"至此，贾姐知道了沈长的为人，对沈长心服口服。

还有一次，沈长闲置在办公桌两天的两支抗生素不见了。晨会上，沈长黑着脸："真不明白，这药又被谁没收了，这可是那个农民老爹的，他过两天来，我留着预备给他去退钱的！"说着犀利的眼神四处一扫，义愤填膺。

第二天，两支抗生素悄没声息地出现在沈长办公桌上。药回来了，沈长的脸立马就舒展开来，没有福尔摩斯般细究是谁打两支药的主意。她就是这样，从不揪谁小辫，也从不想去故意训斥谁或羞辱谁……

有一次我上夜班，突然发现一个天天在输液大厅过夜的流浪男人跟踪我上卫生间！心里毛骨悚然，第二天即将此事汇报给沈长。沈长得知后，第二天坐等到下半夜，把那男人撵走，并警告他若再犯就喊警察。慑于沈长的"大炮筒"嗓门，那个男人再没出现，从此，夜班太平……

沈长帮助我们"铲平道路"的例子不胜枚举，所以平时沈长无论对我们怎么训、怎么凶，我们都不怨恨。我们知道，沈长这样的领导，即使嗓门再高，骂你再狠，也还是为你好——谁不会明白领导对自己的好呢？

有磁场的路人甲

　　没有镁光灯和镜头追拍，没有专职形象顾问和服装设计，也没有倾城的容貌和身材……我们都是路人甲。

　　议起路人甲，脑海中浮现出两个人。一个人是孩妈，另一个可能还是孩妈。那时我常路遇第一个孩妈，在接孩子的时候、在买吃食的时候、在逛街的时候……人群中，她能跳脱而出，是因为她总一身黑衣：里面黑打底衣、外面黑夹克或黑风衣、下面黑裤黑鞋，连佩饰都是黑的——非常透彻的黑。明明暗暗的黑重叠在她身上，不压抑，反而迸溅出一种小个子不该拥有的酷。有一次我遇见她骑着摩托车来接孩子，她骑跨在车上，弯腰间，露出腰间的黑皮带，一种娇小的带点婉约的狂野倾泻而出。可爱的是，她的孩儿，也是她的翻版，黑发黑衣服黑鞋，活泼泼地奔向妈妈，看不出是男孩还是女孩。

　　那天逛商场，又遇见她，依然一身黑！只不过换了稍软的毛衣，毛衣外挂上了黑色闪亮的毛衣链……映衬了商场耀眼的灯光，就多了些许柔和和风情。当时我就想，是什么样的执念让这个女子固守黑？即使旁人讶异、好友提醒、家人怪罪？即使衣柜里一片黑，即使身边五彩纷呈令她很容易成为别人的背景？她坚决地着黑，似乎生生世世，"死生契阔，与子成说"似的。她自我得那样坚定和矜持，那样收放自如又无所顾忌。她是路人甲，却是独特的、决不泯然于众的！她身上有股气场能很快攫人心，令人不得不注目、讶异，转而赞叹。

另一位路人甲是个中年女文青。如果在人海中，我绝对不会注意到她的。但不知怎的，文联的人居然想起从不参加活动的我，要我参加某部剧关于文联的拍摄。于是，我们作协一行数人在会议室假装开会。她坐到了我们对面，可能她内向，没有立马聊成朋友。恰恰是那个位置，是需要跟女配角对戏的：女配角进来跟她耳语。也因为要耳语，她必须在耳语前，假装在纸上作记录。她看上去平平无奇，打着一根很过时的麻花辫。我心里有几分挑剔了。心想，为什么不安排另外的人，弄一个上镜的、时尚的、看着顺眼的？不断有群众演员因望镜头而穿帮，就需要反反复复拍，于是她反反复复写，反反复复跟演员耳语，反反复复点头。在这重复的过程中，我发现：她普通、她落单，但她大体是沉着冷静，脸上没有过大的笑或过于夸张的沮丧，她的表情一直不温不火，令我看到她内里安静的底子。

从此以后就老遇到她了。有时候就这样，你会忽然发现以前从没注意过的人，其实就生活在你身边。每次见她，依然一根麻花辫，依然表情沉着、举止内敛。

数天前，在公交站台又遇见她。她还是扎着麻花辫，穿了宽大的上衣和裤子。因为衣服宽阔，她的行走有了俊逸和飘洒，仿佛她的周遭一切都猎猎有声，与脸上的平静形成强烈的对比。这种对比为她平凡的麻花辫和脸渲染上某种神秘。我终于明白，这些年，她一直撞击我的，是她脸上的平静以及由此隐射出的骨子里的安静。

......

很欣赏这样一句话："一个女人需要有磁场，而这磁场则来自内心。"这两位女人都是有"坚强内心"的典型，所以才能打动作为同性的我。由此可见：尽管是路人甲，但内心坚定，磁场也会显现强大。

我承认在沈长手下的几年，是学东西最多的几年。

第四章

悟到的理

是否有一个更强大的生物以上帝之眼看着我们呢？

在我们没有赶上那趟船的时候、

在我们突然病倒的时候、

在我们得不到我们挚爱的时候……

在我们心急如焚、号啕大哭、捶胸顿足的时候……

是否有一个更强大的生物在以我们听不到的语言告诉我们：

这其实是好事情啊，只是你眼下不明白也不知道。

茶的味道

看了梁实秋老先生的《喝茶》，我便也想谈茶。老先生把关于喝茶的琐事评论得头头是道、两腋生风，却自谦说："我不善品茶，不通茶道，也不通茶经。"其实，这样的谦辞用在我身上才刚刚合适。

论起我的茶龄，也属不短。幼时的酷暑炎天，疯得满头大汗的时候，捧起父亲的茶杯便喝。父亲总是眯眯笑地看着我，然后问："丫头，不怕苦么？"经父亲提醒，玩耍的我静下心来细细一品，真的满嘴苦涩，苦不堪言。父亲的茶杯，总有近乎半杯的茶叶在里面拥挤，而我喝着喝着，居然习惯了，居然还喝出那浓郁的苦涩后面有股淡淡的、隐隐的甜。

工作后，我反而不大喝茶，全是直来直去的白开水。茶，对于忙碌的生活总是很奢侈，而水，是繁忙中最便当的解渴饮料。

也有真的闲下来的时候，比如女儿上学了、老人逛街了、家里只剩下我了，就捧起一本书。经过文字洗礼的心境澄净透明。此时，最适合来一杯茶。

就真的起身，穿过满屋的安静和阳光，去取我的密罐，取我久违的茶叶。冲上沸水，让茶叶在玻璃杯里轻歌曼舞。然后，一个下午，一个人，与书、与茶、与满屋的阳光空气，安静对坐。

打开杯盖，隐隐扑面的，是阳光、雨露和泥土的味道。我静静看着它们升起，又静静看着它们消散。人们喜欢用"清香"来形容茶。其实，"香"是一个浓艳的词语，是不适合形容茶的温柔清秀的——即使掺上一个"清"字又能怎样呢？也还洗不尽"香"的厚重铅华。茶的味道就是叶和茎的味道，是春天拂面嫩柳的味道；是夏天修剪草坪的味道；是秋天风干麦垛的味道；是冬天炊火草点燃的味道……它们从自然中来，于自然中行走，再从自然中消失。清清淡淡、真真切切、安安喜喜。雨水有香么？泥土有香么？阳光有香么？那么它们孕育的最接近于它们自身本质的茶叶，又怎么会有香呢？

再细究，茶的味道，总是隐隐约约，舒舒缓缓，有甜又含苦，似爱又如恨，再深探，又近乎于无。难怪先哲们喜欢把茶和禅联系在一起，它们共通的精髓就是无——无色无香无声无味，而无色香味的境界才是最高的境界。我们凡人常常难以企及，唯有茶，才能让我们领略一点先贤的道骨仙风。

所以，与茶对坐。随着茶叶的缓升慢降，你生命的舟子也迟动徐行，一切都安详如斯。此时，是不适合说话的，只适合阅读。你的精神飘荡在偏远的湖面上，你独自徜徉，微风拂面，水波不兴。与茶对坐，就是在远舟上与心对坐。

多年以后，我拿出上好的茶叶招待父亲。他喝了，并不点头叫好，咂摸了一下，然后说："淡了，不够劲……"从此，我只买一般的"劲狠"的珠兰孝敬他老人家。有时候,我也泡上一撮预备给父亲的茶,独自一人的时候,慢慢喝。在茶气的氤氲中,便想起乡下,想起父亲。父亲的一生,大部分时光都翻转在初茶一样的苦涩里,于是,他喜欢上了茶叶。从此,在时光的静流中,父亲默默品尝、安然受命,只是浓茶的苦涩中却越品越淡,越品越超然。

在喝惯了苦涩的味蕾里,茶叶的苦,也近似于无了。

人生路上的"半"

"酒喝微醺，花赏半开。"友人送我这幅书法时，我真是喜不自禁！酒至饱则无形，花酴酿则衰败；月满则亏，水满则溢；极高处必落，极盛时必衰……而半，是一撮蓬勃向上长的草儿；是一朵刚咧嘴的花儿；是心中渐渐生起的欢喜；是不高不矮、不老不嫩、不瘦不肥；是不单薄也不丰满、不早亦不迟；是一个既有希望又有所获的恰当时机。

想想《红楼梦》中，黛玉真是曹雪芹最宠的宠儿。他让她貌比天仙；让她弱如扶柳；让她才高八斗；让她情可斗天；也让她在二八年华离世去浊，香魂重归离恨天。这样的黛玉，不必经历离宝玉之伤痛；不必经历贾府遭劫之耻辱；不必经历食尽鸟投林之悲凉；也不必经历美人迟暮、世事苍凉。

而不完整的《红楼梦》又何尝不是老天对曹雪芹的厚爱，只八十回，可以留下多少念想、多少遗憾、多少热闹！《西游记》全了，人说它末尾是因果报应的重彩；《水浒传》全了，人说招安是作者的阶级局限；《三国演义》全了，人说它啰唆……只有《红楼梦》，在八十回戛然而止，留下恁多猜测、幻想、续集，以及恁多红学家的争论不休……这戛然而止后的热闹，不正是老天对曹雪芹的厚爱吗？

黛玉死前的半句话"宝玉，你好……"也是妙笔。比"你好狠心""你好好保重""你好自为之"都来得震撼，这句半语，既揉碎了宝玉，又揉碎了千千万万爱黛玉的读者，"宝玉，你好……"的临终语一遍遍在红学界回响，一石击一石，一浪叠一浪，这就是半语的妙。

前阵子提倡的"八颗牙的微笑"其实也是半的妙用。嘴再大，便过了；再小，显得不够热忱。露八颗牙的微笑似半弦的月，既亮又不晃眼，真正温暖宜人。

半熟，是人际关系的最佳境界。心理学认为，影响人际吸引的因素之一是熟悉，但熟悉程度与喜欢程度的关系呈倒 U 型曲线。过低或过高的熟悉程度都不会使彼此喜欢的程度提高，中等熟悉程度时，彼此喜欢程度较高。看来，人与人之间，半熟就够了。太熟，想象的空间挤没了，放大了缺点和弊病；而完全不熟，则距离太远，彼此太陌生，缺少沟通的桥梁。

半饱，是吃饭的最佳境界。少吃多滋味，多吃少滋味。那回一车人去西安，有人买了一份陕西凉皮，一爱好凉皮的女孩闻知，便厚着脸皮去尝了一口，连呼美味。女孩央请司机开到原店，下车买上两份，吃完擦着嘴说："我觉得没有刚才借来的那一口好吃！"一车人都笑了，这就是少吃多滋味的理儿呀。"要得人生安，三分饥和寒。"人生路上的半饱又何尝不是一种高境界呢？

到对门去取水

进入三九，天气暴冷，楼道对面的四户人家因一段共用水管被冻住而断了水。

四楼小夫妻"借机享受"，断水当天，小两口就牵着手回了父母家。

而我家对门的老夫妇不行，儿孙都要来吃饭，即使停水，也得张罗。对门爷爷来敲门，他的表情很调皮："瞒着我家老太婆来讨一壶水……"我赶紧替他装水，并说需要的话尽管来取，门对门，取水方便，对门爷爷连连道谢。

那天，我看到对门奶奶提着空水壶往外走，邀她到我来家取水。对门奶奶死活不肯，说到公用水池也很方便，边说边急走，生怕我拉她。

这个奶奶精细，平时装扮考究，见面只打招呼，不多言语。我搬家前，她因为嫌装修动静太大跟我们家工人斗过一番口舌……工人只管拿工钱，也不管邻里关系，直着喉咙说："奶奶，吃个饭，筷子碗还要撞出声响呢，您怎么这么不担待？哪有您这样的邻居，不肯人家装修的！"

后来，正式搬过来，发现对门从来都是大门紧闭，而且，自从我们搬进后，他们与我们相通的院墙洞就堵起来了。对门奶奶心存戒备，我也不便热情过度。

对面二楼的奶奶就开朗。平时都主动搭话，聊天气、聊小孩。她喜爱小孩，楼道里的小孩都跟她亲，大老远就赶着她喊好。平时哪家大人有事，她还能帮助照看照看孩子。断水后她碰到我："零下九度啊，要把孩子穿暖……我们家断水了，我都到对门依依家取水……"语气泰然，没有唉声叹气，没有愁眉苦脸，更没觉得到对门取水很不方便。

三楼是对中年夫妇，从不跟人打招呼，冷面来冷面去。

这次断水，三楼女主人拎着壶"咚咚咚"跑到一楼敲我家门，大概看我还算面善，就来"打扰"了一下。她边接水边抱怨："后悔死了！后悔死了！当初不应该要那房的！你看，现在麻烦成这样！"我笑，觉得她该说：后悔死了，当初该跟大家和悦一点的。

就这样，一壶水演绎了一场世态。

……

我们不妨都来想一想：当自家断水时，我们能不能很自然地到对门去取水？

猜猜孩子多爱你？

"猜猜我有多爱你？"这是一对白兔母子对话的开始。作家、画家联袂，以成人式的哲学，创作出一幅幅温馨图片，再配以简单文字，贡献给我们一帧帧真情和感动。

而日常中，我们的孩子并不懂哲学，他们不懂也不会拦住你，睁开天真无邪的大眼问："爸爸，妈妈，猜猜我有多爱你？"但他们真的爱你，用自己幼稚又庄严的方式。

一位朋友是一对龙凤胎的母亲，整日既忙于工作又忙于两个孩子的生活，但两个孩子并不省心，眼一睁即开始你争我夺，互相牵扯头发、撕咬耳朵，"挂彩"是常有的事。朋友说，跟孩子们在一起，耳朵里充斥了尖叫和哭喊，一般懒得管，实在忍受不了，就蹲下身轻轻地问姐弟俩："你们是要妈妈生气还是要妈妈快乐？"姐弟俩愣了，面露谨慎严肃，然后一齐认真地点头。"如果要妈妈快乐，你们就轮流玩，不争抢，OK？"于是，会有二十分钟到三十分钟的礼让和安静。之后，还会有某个由头引起的争吵，但这二三十分钟足以令朋友慢慢体味孩子对她的爱，在以后的操劳中无怨无悔。

另一个朋友在国外，一次吃晚饭，很喜欢丈夫凉拌的菜瓜，

女儿也喜欢。两人一起埋头苦干，眼看盘子见底，她女儿忽然停下来说："妈妈，剩下的全给你吃吧！"朋友邀请女儿一起吃完，但女儿坚定地摇着头。朋友说："原以为三岁的女儿少不更事，没想到她那么细心周到，既能感觉到妈妈对凉菜的偏爱，又能努力谦让让妈妈吃最后一口。"等女儿睡着，她写了很长的关于爱的博文。

而我的孩子呢？有一次听说刚回来的爸爸又要出去应酬了，女儿很失望，"哇"地哭了，她爸爸说了半天的道理也不通。爸爸气得耍赖了："算了，晚饭我不吃了，饿死拉倒啦！"女儿"哇哇"哭得更凶了，以为她的意思是坚持着要爸爸在家，哪知她抽抽噎噎地边推爸爸边说："你还是出去吃吧，会饿坏的……"他爸在门外流连了几次，终于离开，后来提前赶回来，看着已经睡熟的女儿，感慨万分："原来孩子对我们的爱不亚于我们对她的爱啊！"

在亲朋 QQ 群上，我们几个做母亲的闲聊，大人们总以为自己在为孩子操劳，为他（她）用尽心力，为他们付出全部的、无私的、父母的爱……殊不知孩子们爱你也不输于你爱孩子的种种。

深夜可以叨扰谁

看到刘心武的一篇文，谈他一位朋友深夜给他打电话："忍不住要给你打个电话。我忽然心里难过。非常非常难过。就这样，没别的。"刘心武从困倦中醒过来，说"自己非常感动"。看了这文，不免要想：我有没有可以深夜打电话的人？

以前我也转过一条人生小目标的微博，其中之一就是：拥有可以深夜打电话的人。

"拥有可以深夜打电话的人"其实是个蛮难的题目。倒不是没有这样的朋友，而是我们自己拥不拥有敞开的心？我肯定是个偏于自闭的人，因为我认真想了一圈，不觉得自己可以深夜打电话叨扰谁；我肯定是个极会伪装的人，平时言笑晏晏，总不愿让朋友觉得我会有深夜的孤独；我肯定也是个从小缺乏关注的人，我一直觉得有困难自己扛，不认为有找人分担的必要……

我的先生有诸多缺点，但这以上这几条他都没有。以我对他的了解，我深信，他有可以深夜打电话的人。

当年我们还年轻，买了婚房张罗装修，路边电线杆看了一则广告，就把贴砖师傅请进来了。贴砖师傅和我们差不多年纪，毛头小伙，口气却很大，好像经验很足。但是，他把事情搞砸了，贴过的地砖踩一块裂一块，没踩的敲着空鼓响，心慌意乱中，他又把手割伤了，流了很多血……我们两口子气得愣在旁边，不知该作何言。责怪解决不了问题，毛头小伙子坦言自己新手刚起家，没钱赔偿地砖钱。那都是借钱买来的地砖！

束手无策之际，先生向本城的一位远房舅舅请教。舅舅赶过来，打发走了毛头小伙，替我们找了手艺精湛的贴砖师傅。后面的装修，舅舅一直帮忙，使我们得以在既定日子成婚。舅舅是敦厚热心的长辈，后面的婚事也帮着我们操劳……现在，我们已经搬离当初的城市，但逢年过节，舅舅那儿是必去的。想想我们跟舅舅关系本不近，却还能得到舅舅的帮助，一是因为舅舅人好，二也跟我家先生善于请求援助有关。

善于搬救兵，这是我该向我先生学习的地方。

还记得那年怀孕八个月的我突然深夜出血，我俩又吓傻了。情急之中，我支撑着下了楼，去了自己工作的医院。我进了手术室，我先生第一个电话打给自己的爹娘，第二个电话打给我们邻居大哥。爹娘离得远，暂时赶不到，邻居大哥两口子第一时间赶到，一直帮着张罗，以及候在手术室门口……

多亏他们相伴，先生才不至于被医生不断下达的"危险通知书"吓晕，还算顺利地迎来了小生命。楼下大哥是我们搬新居后结识的，短短一年，先生和大哥，就成为可以互相打电话的人，不得不钦佩他们男人之间畅达的情义。

"深夜打电话"这个题目，与其说拷问的是朋友，莫不如说拷问的是我们自己。被需要、被信任是一种幸福，深夜接到电话，接电话者多半乐于倾听，不仅乐于倾听，也许还会像刘心武那样，产生很多深夜感动。而我们自己呢？是否善于打开心扉、是否愿意信任朋友、是否努力寻求帮助？不妨定个目标：做个愿意深夜打电话给朋友的人。

给点阳光就灿烂

院子里栽了一丛月季，却不爱开花，问深谙花事的楼上太太，楼上太太盯我良久，语带嘲讽："月季月季，月月是花季，你家月季被你弄得叶瘦枝稀，惨不忍观，真是难得……"话未完，转身即往楼上走，"咯噔咯噔"，脚步曼妙。我内心发胀、脸色略紫，嘴角努力保持微笑。行至楼梯拐弯处，楼上太太停下来，漫不经心地朝我说："月季每天要照足一个小时的阳光……"我连声感谢，关上门握紧拳头：难怪老妈说她先生不爱回家，活该！

尽管生三楼太太的气，但我还是把月季移到阳光充足的地盘。一个月下来，月季果然开出一朵又一朵，花影摇曳于玻璃窗，似一个个唯美的微笑，温软香甜——真是给点阳光就灿烂啊！

阳光好花就好，花好心情就好，心情好我就不再对调皮的侄女凶。那天，侄女打碎一只瓷器，正被奶奶吆喝着，垂头丧气地等我责备呢。我蹲下身，看她饱满似蓓蕾的脸，这张脸一直被定性为调皮捣蛋不文静。哥嫂常年在外，我的老妈疲于应付，她正像我的那丛月季缺少阳光呢……我忽然心疼，摸着她的小脸蛋，像摸着一朵娇嫩的花朵，我说："不错啊，打碎了还晓得把碎片扫进簸箕，不错啊！"侄女的脸"呼啦啦"全打开了，大大的笑就是门前吸满阳光的月季，灿烂无瑕。从此，侄女爱我、黏我，她被夸奖的阳光普照得越来越活泼可喜。

再遇到三楼太太，我郑重地表示感谢，夸她一语中的，以后还要多指教。三楼太太冰冷的脸，慢慢地，慢慢地活动着，一丝不着痕迹的笑浮现于她光洁的皮肤，像名画中耽于想象的天使。我惊呆了，不由自主地叹："你真美！"她含羞地摇头，一步一步往楼上走，曼妙的身影隐含着吸足阳光的活力，恰似我门前开得正火的月季。

领导A对我有看法，我对领导A意见也很大，她说我不听话，我嫌她话太多。那天，她单单挑我出来说事，说我不应总穿凉拖。我站出来，想据理力争，看到陈姐使的眼色才忍住。回家生闷气的时候，又看到月季。我想领导是个好领导，只是太吝啬阳光而已。第二天，我主动找领导沟通，想她一年四季服装整齐，居然表现出了发自内心的崇拜……领导A激动了，说："小张，我没白看你，你是棵好苗子！"瞧，我只给了一点阳光，领导就加倍奉还了。那些天，我的四周充满灿烂，除了月季，还有胜似月季的人。

因月季而懂得了灿烂，因灿烂而理解了阳光，因阳光而努力做了一些待人试验。我发现，我们不缺灿烂，只是缺少阳光而已。

如果你觉得周围布满阴霾，那么赶紧布施阳光，让生活灿烂些，再灿烂些。

每一位都是贵人

杨洁，八十年代生人，自小聪颖活泼，善于调停身边各色孩子，是方圆有名的"孩子王"。但杨洁对学习却相当反感，从一年级到初三，杨洁都如负重的老牛，硬被师长们吆喝着一路赶过来。

初中毕业了，却面临失学——高中考不上，中专技校不愿意读。在家人唉声叹气的时候，杨洁一个远房表姑不舍得放弃这么"聪明伶俐的孩子"，托熟人找关系，把她插到了一所乡镇中学念高中。

独在异乡为异客，杨洁第一次品尝到了孤独的滋味。很快，情况有所改观，班级又转来一位外地女孩，杨洁乐得蹦起来，以为终于有人"可以相互依靠着取暖了"。事件的发展并未如杨洁所愿。这位"外地女孩"是县某教研员的孩子，学校由上至下对她都相当重视，从校长到教务主任再到普通老师，都如炭火一样围在女孩面前，嘘寒问暖、开辅导小灶、喊她去家里吃饭……此情此景，令杨洁深切体会到什么叫世态炎凉。

一个星期天，学校照常没有开火，本地同学都回家了，只剩杨洁和那女孩一起在空荡荡的宿舍里闲聊。中饭时分，校长的女儿来喊女孩去吃饭，看到杨洁，校长千金愣了一下，忽然心生怜悯，说："要不，你也一起去吧！"杨洁傻笑着摇头，独自一人窝在床上啃冷馒头，想着永远对她呵呵笑的老爸，想着自己在家也曾集万千宠爱于一身，眼泪开始啪嗒啪嗒往下掉……

痛哭一场后，杨洁忽然来了脾气，她用手背使劲抹眼泪，跺着脚下决心：我要出这口恶气！

恶气憋在杨洁稚嫩的胸腹，转化为内在的鞭策和激励。前面说过，杨洁是个聪明的女孩子，当那股聪明劲用于钻研课本而不是用于逃课时，杨洁变得"一发不可收拾"了：先赶至中等，再跨到班级前十名，最后稳居年级第一！完成这些飞跃，杨洁只用了两学期。高考结束，她顺理成章地跨进一所名牌大学，一跃成为那座乡镇中学从校长到老师都津津乐道的骄子。

立于胜利的山腰，杨洁没有预想中的大悲大喜。回首来路，她只觉得天高云淡、海阔帆扬，充溢杨洁内心的，没有愤恨，反而是太多感激。她说："细细想就明白，那所学校的校长、老师以及那个外地女孩，都是我生命中的贵人！"

如此解释贵人，令我对杨洁刮目相看。研究生毕业后，杨洁放弃了一份稳定清闲的工作，专心做家庭教育咨询师。杨洁从小就喜欢跟"孩子"打交道，为了忠于自己的内心，她勇敢地选择了"从头学起"。杨洁说："每个有困惑、有恐惧、有磨难的孩子都是落难的天使，我不能眼睁睁地看着天使一直落难，我要通过自己的微薄之力助他们重新飞翔……"

现在，已经有二十多位折翼的天使，通过杨洁的仁者丹心得以重新寻回欢乐……孩子们的父母含着感激的泪花，称杨洁为"生命中的贵人"。

命运就是这样诡谲奇异，前面杨洁还在感恩自己命运路上诸多贵人相助，转瞬杨洁又成为别人生命轨迹中不折不扣的贵人。

对于"贵人"这个称谓，杨洁笑得很温和，她说："人生路上，会遇到各种性情的贵人，有的贵人冲你笑、有的贵人冲你狠、有的贵人扶了你一把、有的贵人揣了你一脚，但无论如何，你都要坚强、都要有站起来的毅力和勇气，那样才能使你遇到的每一个人都成为你生命意义上的真正贵人！"

我充满敬意地为杨洁鼓掌——人生路上，我要像杨洁那样学会感恩，然后做一个善良的扶持别人的贵人。

收拾

　　我不止一次说过收拾的重要性。其实我也是个蛮驽钝的人，收拾的重要性也是最近才悟得：一个人，如果他（她）所处的环境乱糟糟，那么环境必然带动他的内心也乱糟糟，尤其作为女性。

　　我接触了一些物件乱糟糟的女性，她们自己也活得乱糟糟，没有一个例外。首先是一个邻居。有一次我婆婆去她家回来后直嚷嚷，婆婆的形容是："床上连到地上，乱糟糟的一团，分不清哪是床哪是地。"当时我听着也就听着，没当真，但有一次我有事去她家，尽管有婆婆的话垫底，我还是大吃一惊：那种乱和脏，用"无法插脚"形容一点也不为过。他们居然一家四口就生活在这样的环境里！从两辆电动车的空档挤进去，女主人自己也不好意思，赶紧拾掇桌上的水果皮，嘴里念叨："某某吃了水果，皮也不扔了。"但那张桌子，看得见的垢尘已经和桌子不分彼此，重点可不只是上面堆放的乱七八糟的物件！再远看厨房，厚厚的一层油垢，锅不洗、碗不刷——难道她每天就是在这样的厨房里唱着歌、炒着菜，然后欢欢喜喜地端上桌的吗？

　　我这样一形容，你肯定觉得她是个快乐的"马大哈"式的人物，即使脏点，只要还快乐，能碍事吗？啊，碍事。她的确有时候很快乐，但她从不对快乐进行管理，就像对自己家的物品不进行排列管理一样，深夜两三点还时常听见她在隔壁看电视看得哈哈大笑。因为对物品不管理，连带着对自己的愤怒也不管理，她女儿读小学的时候，凌晨两点还能听到她因作业问题而对女儿的训斥——常常我已经一觉醒来，还听见那边的训斥声和号啕声，那个凌晨两点还被训的小孩子，如何度过第二天的课堂时光？现在，她的女儿大了，上了技校，不再需要深夜做作业了，于是常常听到女儿和她一起深夜爆笑……这就是不收拾屋子引发的糟糕生活。不收拾物品，就没收拾情绪的意识，更没收拾自己思想的意识。她的人生十分缺少"秩序"，结果，母女关系糟糕、婆媳关系糟糕、夫妻关系糟糕，有一次听她在诉说，进某店门买东西时，跟店主一语不合，差点被对方打出门来……是的，她没有大灾大难，她也过得下去，但是，这样的日子谈何生活品质呢？

什么叫生活品质？不是物质富裕、条件优厚，而是你能让柴米油盐散发自己的光芒，然后在柴米油盐的光芒中，还能有时间去体悟春去秋来的那种美好……

有太多无能力去体悟这种春华秋实之美好的女人。我的一个同事，在我隔壁办公室，整天被家事所累，急匆匆地上下班，有时候上班还带上她老母亲尿湿的床单来洗！初次接触，我很同情她。直至有一次看她上班披头散发，还拖着洗澡用的拖鞋，同情心即刻减去大半。前两天，我进她办公室，立即被眼前景像吓住：仅仅一个月，办公场所已经变成她私人物品的散乱场，更准确地说那些物品更像她随手丢弃的垃圾，办公桌、电脑桌、沙发、墙上的小橱窗，似乎所有的地方都有她的发卡、未嗑完的瓜子、丝巾、丝袜。不知哪来那么多拖鞋，盆子里有拖鞋，椅子底下有拖鞋，办公桌底下还有一双拖鞋……我看不下去，卷起袖子收拾一番，该扔的扔了、不该扔的聚拢，管她找得到找不到。这是个严肃的办公场所，不是一个随心所欲的地方。她家里有个半瘫痪的母亲需要照顾，但这不是乱七八糟的理由。一个对自己有要求的人，即使不睡觉也会让物品处在一个合适的位置，让它们有一份物品该有的尊严。况且，值班的时候，她有那么多时间在看电视剧和嗑瓜子……

终于明白《断舍离》这类书流行的必要。在《断舍离》的后续，有读者向作者反映：因为学会了收拾，自己的命运也跟着改变。这的确深有道理。收拾有时候是链条的某个节段，你把这个节段整理顺畅，由于连锁反应，整个链条都跟着改观，许多改变往往是就从学会整理开始。不扫一屋，就不会扫自身；不扫自身，就不谈敬业工作；不工作何谈养家；不养家何谈为人？

更多的人都该拥有"收拾"的观念。

谁把三毛逼成内伤

手头有两张已故女作家的照片，一张是三毛，一张是张爱玲。从照片上看她们有诸多相同之处，都是鸭蛋脸儿，都是长头发，都画着淡雅的妆，显现出一种生命的高贵。可是细看她们的表情，如此不同，映射出她们不相同的内心。

三毛，在某个领奖台上，旁边还站着一两位明星，她穿着长裙，手捧奖杯，笑容可掬。我从笑容、谦卑的低头向话筒的动作猜，她一定在表达诸多感谢，如感谢家人、感谢恩师、感谢大众之类。她的笑容如此灿烂、阳光、喜庆，以至很难想象她背转身

去，心灵深处的阴郁——她从来不把自己的孤单忧郁示人。她的作品里，呈现最多的是对爱的体验和感悟、对生活的感谢和感恩……而她知道（还是不知道？）这些爱其实令她不堪承受，她说她怕回家，一回家妈妈就会逼着她吃各种维他命，而她终究没有勇气对妈妈说声"不"，或怒吼一声："走开！"承受和隐忍很容易把人逼出内伤，逼成一个表面快乐其实很孤独的假面人。三毛途迷，她是个懂事的小女孩，只能顺着爱与感恩，把自己塑造成家人和朋友想要的三毛，而不是她自己想要的三毛。去撒哈拉沙漠是在逃避吧？她有没有得到过她描写的琐碎赤诚的荷西之爱？她是在用荷西温暖自己，还是在用荷西伪装自己？总之，她把自己躲进伪装，再也没能走出来……

而张爱玲呢？穿着短裙，坐在椅子上，耷拉着眼睛，一脸不高兴。旁边站着一个中年女子，笑容可掬，不知是她妈妈还是她姑姑。一个要求合影的长辈，作为晚辈总归该摆出一副喜笑颜开的面容吧。张爱玲偏不，她心里不高兴，于是她的脸就不高兴！她板着脸歪坐，眼皮都不高兴抬……张爱玲从来都这样，是什么就是什么，想要什么就说什么，从不费心劳神地装扮自己、隐藏自己。她想成名，所以说出名要趁早；她从来不把生命说得多美好，她不想讨好谁，她一向都是直言不讳；她的作品都是苍凉冰冷、泛着清寒冷光；她的字字珠玑都是直接迸于自己的心。她的心怎样，她的字就怎样。她一直形只影单着，但所幸她的心不累，所以她的人生爬满虱子，但虱子没能扰乱她的坚强——她不欺骗生活，生活便没法欺骗她，于是，张爱玲得以终老。

说这些并不是因寿命论人生，也不是想比出谁好谁坏，只是想探求该有的一种人生状态。活在人世，被各种规则、规定、习惯、风俗左右，我们会对自己有诸多塑造。塑造是件很累的事情，所以，有时我们该听从内心，活出真实的自我。

我喜欢写《蜗居》的六六，倒不一定因她文笔多美，思想多锐利，而是因为她的真实和坦诚。她从不隐瞒自己，她离婚了想去见"蓝颜"，就大张旗鼓地做准备。她见不得别人虐待猫，见了就举菜刀去砍。她从不装温文尔雅，不以别人眼中的一个作家姿态往自己身上套，她是怎样就怎样。

这样的活法，很像一株野草，蓬勃野蛮，皮实泼辣，耐霜耐寒耐旱，耐踢耐妒耐碎牙耐口水。

你再看那大丽花，因为要婉约、要清高、要被欣赏、要被赞叹，大丽花用尽心思经营美丽，风雨未来就已落红满地。

奶奶与乞丐

一次闲着，朋友给我说了件事儿。

她说她下班常年经过一个小地摊，摊主是个年近八旬的老奶奶，支个小方盘，卖些针头线脑。有天等车的空档，想到家里没有轴线，朋友就花五毛钱买了一轴。这时，一位年纪能做奶奶儿子的乞丐走过来，一再伸出的手让朋友烦不胜烦，只好扔了一元钱给他。乞丐走，朋友惊觉，自己给了正经生意人五毛，而给了乞丐一元！回头，老奶奶目光里果然有幽怨。朋友问我：这个世界怎么了？一个垂垂老矣的人通过自己劳动只能挣两三毛，而一位正当壮年的乞丐却通过伸手，毫不费力地得来一元。她自己，居然成了这不公平的帮凶，所以，她好歉疚。当时想再给奶奶一元钱，又觉得突兀，最后只好匆匆而讪讪地离开，心里却不平了许久。

我夸她"终于没给奶奶一元钱"正确。因为，奶奶尽管幽怨，但她不知道，她正正当当地做小生意，一坐，就有了自尊。自尊岂止五毛？我在苏州拙政园门口也遇到这样的奶奶和乞丐。奶奶们卖玉兰花挣小钱，乞丐们伸手讨小钱。许是因为有苏州园林圆融曲婉的背景映衬，他们脸上都是平和的。奶奶没有嫉妒乞丐不劳而获，乞丐也没有嘲笑奶奶们"活忙钱少"。其实，奶奶也可以选择做乞丐，端个搪瓷缸伸个手就可；而乞丐也可以选择做"奶奶"，江南茉莉花不要太多，铅丝条串串就是成品。但他们选择了做各自的营生，是因为奶奶觉得卖花挣钱，能让游客获得花香和欢喜；乞丐大概觉得伸手要钱直来直去，省去好多麻烦……所以，他们各自其实都有很好的职业心理定位。

在职场中有尊严地活着，其实比"卖花奶奶"们担有更多的疲惫。一个妹妹告诉我，她自己在单位打拼得好辛苦，她的一位同学"傍"了人，轻松自在，整天四处玩乐，越看越觉心难平。我告诉妹妹，"傍人"的生活你肯定过不来：不是享不了那个福，是遭不了那个心理忐忑。倘若父母问起，你不是个会撒谎的人，如何应对？同事好奇，你不是一个不在乎别人的人，如何应对？当有一天原配找上门，你不是一个厚脸皮的人，如何应对？你从小被灌输的价值观不会让你心安理得地享受那些，所以，你还是稳稳妥妥地考试，争取早日升职称多拿薪水吧。

妹妹自己也笑了：自己确实不是那种人。既然发现自己依然会选择这样自尊地活着，就不要自怨自艾，索性埋头干下去。况且，再过十年，你找到如意郎君结婚生子了，而她被对方耽误得花败叶萎，兴许无人问津。你这是先苦后甜，她那是先甜后苦。年轻时的苦不是苦，年纪大了苦那是真苦。

这正如奶奶和乞丐，劳动者脸上终究是温煦笃定的，而乞讨者脸上终有抹不去的躲闪和自嫌。温煦笃定是再多钱也换不来的精神气，所以，我们这些劳动者，继续自珍吧。

如果努力得罪了人

　　我以前遇到过一个实习生，特别勤快。下班了，她不着急走，而是帮着收拾办公室。灵巧的手在桌上飞一般，三下两下，就整理好桌上乱糟糟的文件；抹布三抹两抹就抹干操作台上的水渍；扫帚三扫两扫就扫干净地面上的碎屑……办公室整洁了、干净了，她才脱掉工作服下班。

　　单位从上到下，大家都极喜欢这位勤快的姑娘，都夸她好。据说这位姑娘到哪个科室都比较受欢迎。

　　但和她同来实习的姑娘，一顺溜都看她不顺眼。

　　其中一位姑娘告诉我："她这是装的！她想留在这儿工作，所以表现给你们老师看……"

　　另一位姑娘接口说："她甚至偷办公室东西，我上次就看到她收拾的时候，把剪刀插在工作服口袋！"

　　还有一位姑娘说："她是卖自尊讨好老师，我觉得很不要脸……"

　　结果是：这位勤劳的姑娘真的留在了我们单位，那些说风凉话的姑娘，我也不知道她们去了哪里。

　　勤快姑娘正式工作后是不是有点懈怠，我不想探究。即使是装，我觉得装也是努力，装也是精进，装也是一种态度。如果连装都不愿装，那也只能背后说说风凉话、嫉妒嫉妒人家的成果，然后自己消失在人群中了……

好像说风凉话有一阵成为二梅那个圈子的小潮流。报纸圈的多数人都很勤奋，二梅该是十分勤奋的那一个。

写报纸稿有技巧，不仅文章要有质量，还要讲究时效。二梅一边积累素材，一边研究写作手法、写作技巧，还要琢磨时效这个问题。

她的钻研有了起色，好的时候一个月发三四篇文章，更好的时候一周发三四篇文章。

有一年端午前夕，二梅思量报纸需要端午节稿，就在一家报纸的公开征稿论坛投了篇端午节的稿子。

一个文友在二梅投稿信息下面冷笑三声："稿件真及时啊！端午没到，感慨都出这么长溜了！"然后，笑二梅功利："写稿就是玩玩，还指望靠稿费发财吗？写稿就是怡情，图发表俗不俗啊？"

二梅认为：像曹雪芹那样写给知己看、卡夫卡那样写给自己看才是怡情，都在投稿论坛蹦跶，谈什么怡情！

很显然二梅的努力得罪了对方。有时候努力对比出对方借口下的懒散，努力的人就容易被迁怒。

你是不是也常常有这样的感觉：兴高采烈地穿件漂亮的衣服，却被同事说："你这个蝴蝶结式样太过时了，是老旧的款啊！"

兢兢业业地写文章，却被舍友说："你看你眼睛疲倦的，你再这样有可能瞎了！"

你认认真真地看书，那边却说："再看下去，就真成书呆子了！"

你跑步，别人又说："长期下去你的膝盖会遭殃的。"你跳绳，对方说："我看你小腿越来越粗了，肯定是跳绳跳的！"

这些看似关心的话语，总像一根刺，刺进你们微妙的关系里、刺进你昂扬的斗志里……"人们总是讨厌那些拼死出头的人，并不是因为那人真正掠夺了什么资源，而是在别人的精进之下自己显得太懒惰。"如果你像他们一样去闲聊、去颓废、去论是非，你反而会被他们引为同类，继而"其乐融融"。

如果你和周围人一团和气，不反感甚至乐于看他们说三道四，为懒惰享乐找借口，你就该警惕：你是不是陷在了所谓友谊的温床里了，你要么会颓丧，要么会粗俗！如果你的努力引起了别人的不快，说明你正有所突破，继续加油就行！

结论在路上

一直想写关于结论的事情。

一次我在路上走，看到一位看车女人拉住一位男青年，互相拉扯，恶语相向……心想：又是不肯出三毛钱，欺负看车女子势单力薄的主。我有急事，也懒得管这档子闲事，匆匆而过。

办完事再回头，发现小青年已被打倒在地，而那妇女却被警察带走。问路人，原来是"霸王看车"，看车女人硬要男青年把车放她这儿，青年不放，女人就喊来自家男人大打出手。

幸好我再次路过，否则，看车女人将被作为弱者定格在我善于同情的内心，而男青年将被贴上"土匪"标签，永世不得翻身。瞧，人心就这样易被表象迷惑。

还有一次也是路遇。十七八岁的女孩子指着一个中年男子破口大骂，中年男子垂头丧气，一脸无奈。一看就是忤逆的儿女、无能的爹，父亲做到这个份上真是可怜，我恨不得上去替他教育女儿……再听，原来是父亲有外遇，女儿在替自己的母亲讨公道。公交车来了，我上车了，父女俩继续留在站台争斗，而我心中的天平开始往女孩身上倾斜。想起上次看车女子事件，我又赶紧稳住天平——对那父女俩，我还只是一知半解，就不下结论评孰优孰劣了……

对身边人也易下结论：他是好人，他是坏人；他居心叵测，他总是善意提醒……再过一段时间，结论会出现戏剧性变化：那个你认定为好人的人却内心阴暗；那个善意提醒的人才是使绊子高手。这时好赧颜，为自己的盲目、也为被我看错的人们。

许多网络舆论事件也提醒我们这个道理。比如"胖猫坠江"事件中，网友们因一面之词网暴"胖猫"女友谭某。可重庆警方调查后通报，"胖猫"和谭某恋爱关系成立，不构成诈骗犯罪，是"胖猫"姐姐操纵网络舆论，故意博取同情。一夜之间，舆论风向立刻大翻转……

所以不要下结论，结论不在你心里，结论只在路上。

苦难面前上等人

人生在世，难免遇到一些大磨小难。

菲菲是一个历经磨难的人。她的磨难，起始于她不省心的老爸。老爸农村出生，靠勤奋刻苦考上不错的大学。同校的菲妈看上了他。女婿聪颖好学，为人谦卑，岳丈也就没有阻止这对恋人相爱，于是有了菲菲这个爱情结晶。

三岁起，菲菲就没了好日子，缘由是她爸有了外遇——一个家庭一旦遇上"小三"、劈腿以及"死不回头"等事件，这个家就算毁了。一天打三场架的后果是爸妈离了婚，菲菲跟着老妈离开那个看都不愿看她一眼的男人。

跟着老妈，并不从此就好过。老妈一天天消沉，上班抱怨、下班打牌，回来后，再对"不省心"的闺女进行棍棒教育。棍棒教育不出好孩子，菲菲彻底沦陷。所谓的沦陷就是天天与老妈对着干，两个被抛弃的人儿互相折磨，又各自躲角落哭泣。菲菲不爱学习，十七岁离开老妈，一个人去北京飘着，到酒吧驻唱，帮别人写歌，住最简陋的地下室……生活艰苦，心却极其自由。那是她和老妈相隔最远的日子，互不联系、互不惦记，彼此只是生命里划过的伤痕。

但是，二十岁她接到老妈的电话："你爸脑溢血，不行了！你回来！"别以为回去是分割财产！另外那个女人哭着对她说，你爸怎么怎么穷，你该花钱送他一程。那个曾经打得菲妈头颅缝三针的男人早已僵硬，菲菲有什么好说的。她给老爸摔了瓦罐，给了一点丧葬费，了结这段父女缘。老妈住的老爸单位房子，因为产权等原因被单位收回，菲菲和老妈成了无家可归的人——另外，老妈这么多年，因赌博欠下了十万元外债！

　　菲菲的家私加起来只有两千元，而最廉价的房子年租金也要六千元整。辗转找人租最廉价的能欠房租的房子，然后菲菲挽起袖子从月薪 800 元钱的文秘干起。她接别人不肯写的笔头活，当枪手写稿子，晚上到酒吧唱歌……她说那阵子自己像被神灵附体一样，有使不完的劲，白天黑夜连着干，不觉累，常常觉得似乎有一个"超我"。有一次为了省一元钱公交车费，她居然踩着高跟鞋走了十公里的路回家。而她老妈也在山穷水尽之时丢下面子，去菜场捡拾人家扔掉的烂水果和菜叶。

　　母女俩用五年时间还了外债，还租了一套两居室的套间。这五年艰辛走来，她与老妈消除了隔阂，变成一对共同博弈、不屈命运又彼此敬重的母女，从外表到内心，她和老妈真的走到了一起——这是一种翻天覆地的变化。菲菲说：她以前既没父亲也没母亲，而现在，通过这些苦难她得到了一个慈母。所以菲菲感恩苦难、感恩没钱买菜却还可以捡拾烂菜叶的城市、感恩接纳她唱歌的老板以及一切……

现在的菲菲大度而坚强，写得比较好的歌有时候也能卖上千元。男友米猛，疯狂地爱着菲菲身上的一切。

米猛其实是个走"嘻哈"路线的良民，属于那种喝酒、文身，本质却很好的男人。米猛说："面对困难，人分上等和下等。下等就是我准丈母娘那样的，从此一蹶不振，再也不信天下有好男人，看不惯世界从而也看不惯自己，空虚度日，也就是被困难打倒的那种。上等人就是菲菲这样的，打不倒我的苦难，必使我坚强！"米猛说着，搂搂菲菲摇晃的身体。

菲菲乐了："这些都是铺垫，最关键的是还有种上上等人……""对！对！还有一种上上等人！"上上等人什么样？米猛大言不惭："上上等人就是我这样的。自讨苦吃，平时每天五公里跑、周末十公里跑，各种力量训练，汗如雨下啊。为什么？有虐的日子酸爽！"其实最关键的是：米猛明明有一个富爸爸，但他自己愿意做穷小子，留在这个酒吧驻唱，期望能跟菲菲安心过上小日子。"当然如果我爸实在需要我，我也会不辞劳苦顶上，继承老爸的事业！"

现在，菲菲和米猛都是这所"夜明亮"酒吧的顶梁柱，大家爱听他们的歌。菲菲的歌声沉郁苍凉，米猛的声线却清澈明亮，唱别人的歌动自己的情，他们觉得很快乐……

考好是对自己最大的奖励

至今还记得我小时候的一件事情：父亲说如果我期末考试成绩在班级第一，他就奖励我五元钱。他边说边郑重地把承诺写在了门板背面。成绩单发放的那一天终于到了，我蹦蹦跳跳地跑回家，高举成绩单。父亲端详半天，脸上笑着嘴上却抵赖："上面又没说你是全班第一啊！"我当时那个伤心失望，快三十年过去了，现在还记忆犹新。从此就不指望父亲能有什么奖励，但每次我依然努力考好，因为成绩公布时老师的赞赏、同学的羡慕、自己内心的满足，就是对努力学习的最好奖励。

现在，我对女儿从不胡乱承诺，一旦承诺出口，也都一诺千金。我从不随口说：如果你这样我就那样。如果我说要给她买个娃娃，两天后准能有娃娃，如果说"你把被子折好了我会亲你一下"，等她折好被子，我真的会记住从厨房跑过去亲她一下……所以，当我警告她说："你不在八点之前收拾好，我就一个人走了。"她听后一点都不敢马虎，动作立马迅速起来。

我从来不试图通过奖励激发女儿的进取心。人生的路很长，学习的道很宽，她爱咋样咋样，为何一定要订什么标准、发什么奖励呢？我试图让她明白，学习是自己的事，与旁人无关。所以自一年级起，我挑各种因由送她礼物，但从没因为学习奖励过什么。这样的做法，与周遭的氛围多少有些不大协调。学期结束，邻居奶奶问一堆一起玩的孩子："考了多少？奖励了什么？"女儿就恹恹的。于是邻居奶奶劝我："你也该对她奖励。"有一次，期末结束，邻居居然替我们买了个唱歌熊奖励给我女儿了。后来，我对女儿说："其实，考得好就是对自己最好的奖励。"她点头，好像很赞成我的说法。

我发现有的孩子被父母激励多了，会变本加厉，利用考试提各种要求，比如上网、比如游玩、比如买手机……父母也习惯这样的谈判了，只要孩子能考好，金钱什么的，都不在考虑范围之内。还有的孩子提出的要求是打多少天游戏。这"谈判"听上去怪怪的，父母的本意是想激励孩子不打游戏，然后又因孩子考得好而奖励他打游戏……父母究竟想让孩子不打游戏还是打游戏？

如果真要奖励，在孩子考得好的时候，就来个大大的拥抱，并且真心实意地夸赞吧！你可以说："你通过自己的努力比上次提高了十多分，我为你感到自豪！"这样的激励，该比什么物质奖励都好。

让善良智慧且无害

和孩子一起看韩剧《女王的教室》，就和她讨论起了善良的问题。片中小女主角为了帮偷钱包的好友还回钱包，惹火烧身，被大家误认为是小偷而遭报复和歧视。

我问我的孩子："朋友央求荷娜趁班级没人把钱包偷偷放回去，荷娜这个做法对吗？"女儿想了想说："不对。""如果你是荷娜，怎么做？"女儿说："让她自己还回钱包，我顶多帮她保守秘密！"

我不禁夸赞女儿："的确应该如此，善良要有尺度，善良也要有力度，比如片中的荷娜如果坚决要求好友去老师那儿承认错误，不但能帮助好友，而且也能保护自己。"世上有不少因善良而引火烧身的故事，也有不少因为善良而误伤旁人的例子。六年级的女儿也曾因"该不该坚持善良"而困惑。

她有位好友，非常爱看报摊上不正规出版的言情小说。有一次，那些书被女儿带了回来。女儿说："妈妈，我其实不爱看这些书，但陈陈硬要借给我，我不好意思拒绝。"

朋友硬要借书给女儿，是不是有什么原因呢？我不好揣度别的孩子，我只告诉女儿："要学会拒绝。以后你就直接告诉她，自己不爱看就行了。"

第二天女儿如法炮制地告诉对方自己不爱看。但是，好友还是请求她带回来。她告诉女儿：她爸爸妈妈不准自己看，拿回家是"死路一条"。

朋友有难，女儿当然鼎力相助，她帮朋友把书带了回来。

这次我认真地翻看了书，确实有少儿不宜的东西。就告诉了女儿这些书对同学有害，而你帮她窝藏就是助其走邪路，所以，还是学会严词拒绝吧。

女儿很为难啊，我耐心地一一列举这些书有哪些危害。女儿听了我的话，决定第二天去说服朋友。

女儿第二天对朋友好言相劝。不知女孩到底有没有听进去，但可喜的是，那个朋友再也不央求女儿帮她藏书了。有一天女儿回来说："陈陈大概还看那些书的，因为她最近成绩掉得很厉害……"我说："最起码，朋友成绩下滑的道路上你拉了一把，这是真正的善良。"

四川达州的三名小学生扶了一位跌倒的老奶奶，结果好人并没有得好报，反而害得家长赔钱。我又跟女儿讨论，以后遇到了需要帮助的人时怎样避免因为帮助而惹火烧身呢？

女儿说："喊一个大人一起帮助。"

我说："不错，好主意！如果这个大人比你还糊涂，到时候也被冤枉呢？"

女儿说："我还可以借助于现代的先进设备，比如用手机把她请求我帮助的话语先录下来，留下证据。"

"呵呵，好，不愧是我思维缜密的女儿。遇到这种情况，也可以干脆打电话喊 120，因为以一个小学生的能力确实不足以应付一个摔倒的大人，况且，大人的疾病多种多样，有的能扶，有的不能扶，还是慎重一点好。"

善良是美德，但所谓"防人之心不可无"，在伸出善良之手前，不妨考虑周全一点，让善良变得智慧而且无害，这样既保全了自己又帮助了他人，可谓两全其美。

糊涂与明白

隔壁老婆婆痴，每日凌晨端坐于路口那张破旧藤椅上，乍看吓人一跳，习惯了也只被当作一件路口摆设。太阳升起来后，她就在屋后择葱蒜，间或破口骂人，声音很响，却含混不清。每当被聒噪了，小区人就叹息：疯婆婆犯病了。

疯婆婆也不是全无用的，比如择菜，比如家里瘫痪的孙女就依仗她照应。

她媳妇在学校门口卖鸡蛋煎饼，赶着学生的时间，早出晚归、蓬头垢面，一看就是生活重压下心性全无的人，看了，让人心生怜悯。

我经常照顾她的生意，煎饼上撒的芫荽就是疯婆婆拣择。回来吃着，又不甚放心。

那天我在屋后打扫，疯婆婆和媳妇在那边楼梯口择菜，好好的，疯婆婆又骂将起来，冲声冲气，截头去尾。

仔细分辨，才听清她在说："有药水呢！给那些细小的吃，吃死了别找我！"

媳妇低低地回："不关你事！"

疯婆婆又嚷："有药水呢！吃死了别找我！"

媳妇仍低着头，仍回："卖的人是我，关你什么事！"

"别找我！吃死了别找我！"

"找你做啥？是我卖，又不是你！"

……

我终于听明白了，是煎饼用的什么菜，疯婆婆怕有农药要泡，媳妇不肯，于是她发火了。她痴傻，所以她的劝告也是冒傻气的，不会从对方是母亲入手说"你也有小孩"之类的话，更不会用"将心比心""推人及己"等现成的词。她只会叫嚷，且一遍一遍地，嚷出的"别找我"，大概也就是"不能"的意思了。可是，有什么用呢，在这个尘世，她疯她傻，她被人笑被人叹，她媳妇才是大家公认的正常人啊！

这使我想起另外一个老人。那天我去买百页，女摊主旁边多了一个老女人，样子亲热，估计不是她娘也是她姨之辈。称百页的时候，老女人抢先报了斤两，还一个劲冲女人使眼色。称豆腐的时候，还是如此。那一脸世俗聪明相，太让我过不去了，便责令她们把秤转过来，不成想就着电子秤上的数字，老女人硬生生多报了几毛钱。见我识破，她急忙堆笑解释：刚才有东西挡了没看清。好一个精明老女人！好端端的生意人就这样被她调唆坏了。

　　因着这个临时客串的生意人，我对那个摊位再也没有兴致光顾。

　　在世人眼里，那个豆腐摊的老女人是精明能干，过得了日子的；疯婆婆是蒙昧糊涂。需要别人指引的。

　　但究竟谁糊涂谁明白，谁愚谁智，真得在心里细细掂量一回。

有些事影响一辈子

有些事是会影响你一辈子的。

比如说毕淑敏写过，她小时候参加合唱，指导老师怀疑她唱歌跑调，又害怕去掉她影响演出队形，就只许她张嘴，不许她出声。毕淑敏说，这件事影响了她一辈子，至今她都不敢放开喉咙歌唱。

又比如一位同事的女儿，因为一次考试不及格，被老师限定站着上课一星期。一米七〇的个子，被罚站在教室中央，像被外力吊着的杆子，想着地却落不下来。女孩拼命弯腰拱背，似乎想抵消这股摸不着的外力。至此，女孩儿再也挺不直腰杆，即使她上了大学，再不被罚站了，也是如此。

有些事，是真的能影响你一辈子。

比如，那时青春年少，你刚刚从护士学校毕业出来，嫩葱一样的年纪，嫩葱一样的带点辛辣的小心眼。你看到换药间的办公桌上有两支价格不菲的抗菌素，被长久地搁置着蒙了灰。你想肯定是没人要了，而你前两天刚好失手打掉了两支这样的药，药房里至今躺着你的欠条。于是，你迅速地把它们收了起来……

第二天早上，护士长忽然问起，姐妹们都摇头，你也摇头。护士长沉下脸："那两支药是那个农民老爹的，我正准备等他出院帮他退……"边说边用雷达一样的目光扫面前的这群白衣天使。你慌了，肯定慌了，因为你的眼神飘忽起来。护士长知道了，肯定知道了，因为有洞悉的神色在她脸上一闪。

你乘人不备把那两支药送了回去，乖乖地自己掏钱交还了药房的欠账。

从此，你再也不敢动任何小心思。护士长雷达样的目光，影子样地印在了你心里。

这一辈子，你都不会成为坏人。

我敢肯定，是因为青葱的你就是我稚嫩的曾经。

那天坐车回老家，一个和曾经的我一样稚嫩的女孩子，在后面轻声哀求："阿姨，能不能借给我一点钱……"我询问缘由，她开始轻轻地啜泣，说放假人多，车费涨价，而她算计好的钱付车资还差五元。我点头，一个不会计划的孩子。而先生是位善人，干脆替她付了全部的车资。

中途，女孩先下车，她涩涩地看了我们一眼，不打任何招呼，就在前面消失了。

我忽然愤怒起来。而先生却说："十元钱，会影响她一辈子的……"

听着先生沉稳的语调，我又开心起来。十元钱很小。是西餐店的一块披萨吧？是自由市场的一条围巾吧？是富足生活的一双棉袜吧？而十元钱又很大，是上天赐给我们的一支画笔吧？握起来轻轻一抹，就在一个嫩白的生命上渲染了一丛温暖的黄……

仅仅是一递，就完成了两张普通钱币的特殊使命，这样的一递何其珍贵、何其重要，又何其高尚！

于是，在车上，我就细细地想：小小的善举能影响别人一辈子。忽又认真地想：小小的恶举也能影响别人一辈子。

比如那年，我皮包里丢了十元钱。同事好像看到有个男孩慌慌张张离开的。而我一检查，皮包外袋恰好少了十元钱。同事说十元钱就算了，犯不着啰唆。而我偏不！我若无其事地把男孩喊过来，然后询问，他极力否认。再询问，再否认。于是我凶起来，说要报110。他慌了，一下子掏出了十元钱。

他是初犯吧？如果我不追究，又怎能保证他不在这条黑道上继续摸下去呢？如果我不追究，又怎能保证他不觉得这个甜头既易取又好吃呢？

先生说："是的，你是他作恶路上的第一声棒喝，从此，他也许就断了这个念头，规规矩矩做个正人了。"

旅途还很长。我和先生继续谈，继续谈影响一辈子的事情。

先生说，有一次他发现一个差生的作文写得特别动情。于是，就把她单独找过来。他告诉她："你这篇作文非常棒！通过这篇文章，老师重新认识了你的文采，也重新认识了你的内在……以后，无论你上什么学校、干什么工作、走哪条道路，你的这支笔都不能丢！要让这些美好的文字跟随你一辈子，这将是你人生路上一笔宝贵的财富……懂么？"

当时女孩深深地鞠躬，深深地点头。我也跟着点头，我相信，这样的谈话是一盏灯，它一定照亮了某些阴暗，它一定挽救了一个自卑的灵魂，它一定能影响那个女生将来或平坦或坎坷的一生。

真的，有些举措能影响别人一辈子。

总有人爱

带孩子去买鸡蛋饼，做鸡蛋饼的女人边忙活边跟旁边卖报纸的闲聊。很显然，聊的是另外一个做鸡蛋饼的女人。

"你看你看，又送来了。"

"唉，还真是的！每天都踩着这个点，一分都不误！"

"苹果都是刨好切成块的呢！"

"是哟，长得奇丑，男人却这般稀罕，邪门了！"这个做鸡蛋饼的年轻女人显然不服气：她也在做鸡蛋饼，她也在寒风中，她还比她年轻、白嫩、丰满，可是，却没有任何人送她东西。

我听得兴致起，详问缘由，原来是那个卖鸡蛋饼的女人的男人天天送茶送苹果，风雨无阻、分秒不差。做鸡蛋饼的女人说完撇撇嘴，既有嫉妒，又有怨毒，更有不可思议。

因了这个细小的插曲，第二天再买鸡蛋饼时，我选择了她。干瘪的女人，牙齿稀疏，头发也稀疏，随便挽一个髻在脑后，低头间，几根散发随风飘荡，显示日益严重的衰老。她用心做完，给我包好，接过我付的钱，满心欢喜地说："谢谢。"那声"谢谢"来自心底，充满甜润和欢愉，只有心中有恩的人才会发出这如此欢快的声音，欢快装不来。她守着蛋饼摊，显出几分低卑，可是，她幸福且知足。

幸福是什么？无非就是有人递来一杯茶、一个苹果。可是她的那位又有怎样的虔诚？每天下午四点钟，热茶、切成瓣的苹果……而且风雨无阻、分秒不差。无论什么因由，即使故意作秀，也有掐钟点的烦琐和端茶杯的耐心。所以，我笃定她的幸福。

也莫怪周围人口气里的怨毒，在大家心里，都认为漂亮女人、娇俏女人、柔弱女人才值得人百般照料和怜爱，小说里、戏曲里、电视剧里，都是花样年华惹人疼。剧情也常常是众星捧月、万蝶逐花……殊不知，柴米油盐酱醋里的烟火女子也会有人疼、有人惜的。也许是受小说、影视剧等的影响，人们对这样凡俗的场景反而觉得陌生和诧异。但谁说只有美女、才女、富家女才能享受照顾和关怀呢？每个人就都拥有被爱的权利啊！

"再美的女子也总有人不爱，再不美的女子也总有人爱。"所以，别怨毒了，用心收拾自己的身心，然后耐心等待那个爱自己的人吧。

做哪里的茄子

学做一道南瓜菜，又是蒸又是炸又是炒……一道道程序下来，以为会味如山珍，哪知吃进嘴里，并不如单纯蒸南瓜本分、糯甜。

由此想到《红楼梦》里的茄鲞：才结成的茄子，去皮切丁，用鸡油炸，再伴以香覃丁、蘑菇丁、鸡丁，用鸡汤煨干……凤姐倒豆子般地讲述，听得旁人耳累，乡下来的刘姥姥唯有咂嘴念佛。

念佛前，刘姥姥早已给这道茄子下过评论："虽有一点茄子香，只是还不像茄子。"一个吃惯寻常果蔬的乡下老太，对平凡茄子一定了如指掌，所以，她的评论可谓一针见血——贾府内的茄子早已不像茄子了。温柔富贵乡，烟柳繁华地，普通茄子要挤进去得脱几层皮换几副骨啊……

主子们爱这脱胎换骨后的茄子吗？从主子们对其他油腻菜色的态度可窥一斑——贾母说："油腻腻的，谁吃这些东西。"探春和宝钗到厨房点名要"油盐炒枸杞芽儿"。连靠主子稍近些的芳官也对虾丸鸡皮汤、清蒸鸭子皱眉头……可见，经过油炸汤煨的茄鲞也不见得多受欢迎，贾府只是习惯繁复菜色罢了。

想想赵姨娘不也是一道茄鲞吗？当初能被贾府升为姨娘，能为贾政生育一儿一女，那时的赵姨娘该会如何清秀、如何体贴、如何惹人爱啊！可惜一朝入门，被贾府的人情世故一泡，历经春秋，便走了形、变了样，惹人嫌弃不尽。

再看袭人。袭人是丫鬟里最卖力、最贤惠、最大气的女孩子，被贾母夸、被王夫人赞……但她得到了什么真正的好处呢？宝玉踢向仆人的第一脚就是踢在袭人身上的，宝玉的奶妈更是指名道姓骂她"狐狸精"，至于黛玉、宝钗等小姐，好像从未把她当自己人看待……

你瞧，草根茄子袭人再怎样脱胎换骨，至多就是回到草根面前炫耀的"茄鲞"。而"茄鲞"们失去的何其之多！被切、被炸、被拌、被煨，种种关卡，茄子们早已面目全非，由不得自己了。若它们还在乡野，它们将被平民大手温柔地蒸熟，再用香油蒜蓉相拌……那种简单入骨的茄子香，才是它们的本真模样啊。

"来世不生帝王家"，这是许多主子受够繁华琐碎后的喟叹。我们不妨也为变成"茄鲞"的苦命茄子唱一句："今生不去富贵家！"清清爽爽的山野女娃茄子，一旦沾了脂粉气，便再也寻不到自己，只有鸡腥鸭臭在眉头发梢萦绕了……

若做茄子，就该做永居乡野的清爽茄子。